CONTACTS

ET CIRCONSTANCES

OUVRAGES DU MÊME AUTEUR

publiés aux Éditions de la N. R. F.

POEMES

CORONA BENIGNITATIS ANNI DEI.
CINQ GRANDES ODES.
DEUX POÈMES D'ÉTÉ (*Épuisé.*)
LA MESSE LA-BAS.
POÈMES DE GUERRE.
LA CANTATE A TROIS VOIX, suivie de SOUS LE REMPART D'ATHÈNES et des traductions : Poèmes de Coventry Patmore, Corymbe de l'automne, Thomas Lowell Beddoes.
FEUILLES DE SAINTS.
ÉCOUTE, MA FILLE.
LA LÉGENDE DE PRAKRITI, orné d'un frontispice de Jean Charlot.
TOI QUI ES-TU ?

THÉATRE

L'ANNONCE FAITE A MARIE, mystère en 4 actes et un prologue. *Ouvrage couronné par l'Académie française.*
L'OTAGE, drame en 3 actes.
LA JEUNE FILLE VIOLAINE (première version inédite de 1892), préface de Jean Royère.
LE PAIN DUR, drame en 3 actes.
L'OURS ET LA LUNE, farce pour un théâtre de marionnettes.
LE PÈRE HUMILIÉ, drame en 4 actes.
LES CHOÉPHORES. *Traduit du grec, par Paul Claudel.*
LES EUMÉNIDES. *Traduit du grec, par Paul Claudel.*
DEUX FARCES LYRIQUES : PROTÉE — L'OURS ET LA LUNE.
LE SOULIER DE SATIN OU LE PIRE N'EST PAS TOUJOURS SÛR.
LE LIVRE DE CHRISTOPHE COLOMB, suivi de L'HOMME ET SON DÉSIR.

Collection « UNE ŒUVRE, UN PORTRAIT »

ODE JUBILAIRE *pour le six centième anniversaire de la mort de Dante*, avec un portrait de l'auteur en lithographie par Raoul Dufy. (*Épuisé.*)
UN COUP D'ŒIL SUR L'AME JAPONAISE, avec un portrait par Foujita. (*Épuisé.*)
LA SAGESSE OU LA PARABOLE DU FESTIN.
JEANNE D'ARC AU BÛCHER.

ÉDITIONS ILLUSTRÉES

PROTÉE, illustré par Daragnès. (*Épuisé.*)
L'HOMME ET SON DÉSIR. (*Épuisé.*)
CORYMBE DE L'AUTOMNE, par Francis Thompson, traduit de l'anglais par Paul Claudel, illustré par André Lhote. (*Épuisé.*)
VERLAINE. Poème, orné de 12 gravures sur bois par André Lhote. (*Épuisé.*)
SAINTE GENEVIÈVE. Poème, illustré de 24 figures aux deux encres, gravées sur bois suivant le procédé japonais par M. Boukotou Igami, d'après les originaux dessinés, sur les idées de l'auteur, par Mme Audrey Parr. (*Epuisé.*)
LE SOULIER DE SATIN, avec frontispices de José Maria Sert.
LE LIVRE DE CHRISTOPHE COLOMB, illustré par Jean Charlot.

PROSE

POSITIONS ET PROPOSITION I et II.
L'OISEAU NOIR DANS LE SOLEIL LEVANT.
MORCEAUX CHOISIS.
CONVERSATIONS DANS LE LOIR-ET-CHER.
INTRODUCTION A LA PEINTURE HOLLANDAISE.
FIGURES ET PARABOLES.
LES AVENTURES DE SOPHIE.
UN POÈTE REGARDE LA CROIX.
L'ÉPÉE ET LE MIROIR.
AINSI DONC ENCORE UNE FOIS...

PAUL CLAUDEL

CONTACTS
et
CIRCONSTANCES

nrf

GALLIMARD
Paris — 43, rue de Beaune

Édition Originale

L'ÉDITION ORIGINALE *de cet ouvrage a été tirée à* DEUX CENT DEUX EXEMPLAIRES *et comprend: sept exemplaires sur papier de Chine, dont cinq numérotés de* I *à* V *et deux, hors commerce, marqués de* A *à* B *; dix exemplaires sur Japon Impérial, dont sept numérotés de* VI *à* XII *et trois, hors commerce, marqués de* C *à* E *; quinze exemplaires sur vergé de Hollande, dont douze numérotés de* XIII *à* XXIV *et trois, hors commerce, marqués de* F *à* H *; quarante exemplaires sur vélin pur fil Lafuma-Navarre, dont trente numérotés de* 1 *à* 30 *et dix, hors commerce, marqués de* a *à* j, *et cent trente exemplaires sur alfa mousse des Papeteries Navarre, dont cent numérotés de* 31 *à* 130 *et trente exemplaires d'auteur, hors commerce, numérotés de* 131 *à* 160.

EXEMPLAIRE H. C. N° 138

Visa de la censure du 19 *avril* 1940

AVANT-PROPOS

CONTACTS ET CIRCONSTANCES ! Je réunis sous ce titre un certain nombre de pièces séparées qui sont réponses à une série de questions posées des côtés les plus divers, d'invitations à m'expliquer sur les sujets les plus disparates, et c'est ce disparate même, par les secousses brutales de démarrage qu'il impose l'une après l'autre à l'esprit du lecteur, qu'un trajet trop uni disposerait peut-être à la somnolence, qui peut constituer l'intérêt de ces repères postés par le hasard sur une longue vie de diplomate, de poète et de croyant. A lui, s'il en a le goût, de relier par une ligne idéale ces points épars.

Paris, le 14 novembre 1938.

MA CONVERSION

Je suis né le 6 août 1868. Ma conversion s'est produite le 25 décembre 1886. J'avais donc dix-huit ans. Mais le développement de mon caractère était déjà à ce moment très avancé. Bien que rattachée des deux côtés à des lignées de croyants qui ont donné plusieurs prêtres à l'Église, ma famille était indifférente et, après notre arrivée à Paris, devint nettement étrangère aux choses de la Foi. Auparavant, j'avais fait une bonne première communion, qui, comme pour la plupart des jeunes garçons, fut à la fois le couronnement et le terme de mes pratiques religieuses. J'ai été élevé, ou plutôt instruit, d'abord par un professeur libre, puis dans des collèges (laïcs) de province, puis enfin au lycée Louis-le-Grand. Dès mon entrée dans cet établissement, j'avais perdu la foi, qui me semblait inconciliable avec la pluralité des mondes. La lecture de la Vie de Jésus de Renan fournit de nouveaux prétextes à ce changement de convictions que tout, d'ailleurs, autour de moi, facilitait ou encourageait. Que l'on se rappelle ces tristes années quatre-vingts, l'époque du plein épanouissement de la littérature naturaliste. Jamais le joug de la matière ne parut mieux affermi. Tout ce qui avait un nom dans l'art, dans la science et dans la littérature, était irréligieux. Tous les (soi-disant) grands hommes de ce siècle finissant s'étaient distingués par leur hostilité à l'Église. Renan régnait. Il présidait la dernière distribution de prix du lycée Louis-le-Grand à laquelle j'assistai et il me semble que je fus couronné de ses mains. Victor Hugo venait de disparaître dans une apothéose. A dix-huit ans, je croyais donc ce que croyaient la plupart des gens dits cultivés de ce temps. La forte idée de l'individuel et du concret était obscurcie en moi. J'acceptais l'hypothèse moniste et mécaniste dans toute sa rigueur, je croyais que tout était soumis aux « lois », et que ce monde était un enchaînement dur d'effets et de causes que la science allait arriver après-demain à débrouiller parfaitement. Tout cela me semblait d'ailleurs fort triste et fort ennuyeux. Quant à l'idée du devoir kantien que nous présentait mon professeur de philosophie, M. Burdeau, jamais il ne me fut possible de la digérer. Je vivais d'ailleurs dans l'immoralité et peu à peu je tombai dans un état de désespoir. La mort de mon grand-père, que j'avais vu de longs mois rongé par un cancer à l'estomac, m'avait inspiré une profonde terreur et la pensée de la mort ne me quittait pas. J'avais complètement oublié la religion et j'étais à son égard d'une ignorance de sauvage. La première lueur de vérité me fut donnée par la rencontre des livres d'un grand poète, à qui je dois une éternelle reconnaissance, et qui a eu dans la formation de ma pensée une part prépondérante, Arthur Rimbaud. La lecture des *Illuminations*, puis, quelques mois après, d'*Une Saison en enfer*, fut pour moi un événement capital. Pour la première fois, ces livres ouvraient une fissure dans mon bagne matérialiste et me donnaient l'impression vivante et presque physique du surnaturel. Mais mon état habituel d'asphyxie et de désespoir restait le même.

Tel était le malheureux enfant qui, le 25 décembre

1886, se rendit à Notre-Dame de Paris pour y suivre les offices de Noël. Je commençais alors à écrire et il me semblait que dans les cérémonies catholiques, considérées avec un dilettantisme supérieur, je trouverais un excitant approprié et la matière de quelques exercices décadents. C'est dans ces dispositions que, coudoyé et bousculé par la foule, j'assistai, avec un plaisir médiocre, à la grand'messe. Puis, n'ayant rien de mieux à faire, je revins aux vêpres. Les enfants de la maîtrise en robes blanches et les élèves du petit séminaire de Saint-Nicolas-du-Chardonnet qui les assistaient, étaient en train de chanter ce que je sus plus tard être le *Magnificat.* J'étais moi-même debout dans la foule, près du second pilier à l'entrée du chœur à droite du côté de la sacristie (1). Et c'est alors que se produisit l'événement qui domine toute ma vie. En un instant mon cœur fut touché et *je crus.* Je crus, d'une telle force d'adhésion, d'un tel soulèvement de tout mon être, d'une conviction si puissante, d'une telle certitude ne laissant place à aucune espèce de doute, que, depuis, tous les livres, tous les raisonnements, tous les hasards d'une vie agitée, n'ont pu ébranler ma foi, ni, à vrai dire, la toucher. J'avais eu tout à coup le sentiment déchirant de l'innocence, l'éternelle enfance de Dieu, une révélation ineffable. En essayant, comme je l'ai fait souvent, de reconstituer les minutes qui suivirent cet instant extraordinaire, je retrouve les éléments suivants qui cependant ne formaient qu'un seul éclair, une seule arme, dont la Providence divine se servait pour atteindre et s'ouvrir enfin le cœur d'un pauvre enfant désespéré : « Que les gens qui croient sont heu-

(1) Hélas ! je ne sais pourquoi, on ne permet plus au public de pénétrer dans cette partie de l'église pendant les offices, qui d'ailleurs, de la nef, sont parfaitement invisibles. 1938.

reux ! Si c'était vrai, pourtant ? *C'est vrai !* Dieu existe, il est là. C'est quelqu'un, c'est un être aussi personnel que moi ! Il m'aime, il m'appelle. « Les larmes et les sanglots étaient venus et le chant si tendre de l'*Adeste* ajoutait encore à mon émotion. Emotion bien douce où se mêlait cependant un sentiment d'épouvante et presque d'horreur ! Car mes convictions philosophiques étaient entières. Dieu les avait laissées dédaigneusement où elles étaient, je ne voyais rien à y changer, la religion catholique me semblait toujours le même trésor d'anecdotes absurdes, ses prêtres et les fidèles m'inspiraient la même aversion qui allait jusqu'à la haine et jusqu'au dégoût. L'édifice de mes opinions et de mes connaissances restait debout et je n'y voyais aucun défaut. Il était seulement arrivé que j'en étais sorti. Un être nouveau et formidable avec de terribles exigences pour le jeune homme et l'artiste que j'étais s'était révélé que je ne savais concilier avec rien de ce qui m'entourait. L'état d'un homme qu'on arracherait d'un seul coup de sa peau pour le planter dans un corps étranger au milieu d'un monde inconnu est la seule comparaison que je puisse trouver pour exprimer cet état de désarroi complet. Ce qui était le plus répugnant, à mes opinions et à mes goûts, c'est cela pourtant qui était vrai, c'est cela dont il fallait bon gré, mal gré, que je m'accommodasse. Ah ! Ce ne serait pas du moins sans avoir essayé tout ce qu'il m'était possible pour résister.

Cette résistance a duré quatre ans. J'ose dire que je fis une belle défense et que la lutte fut loyale et complète. Rien ne fut omis. J'usai de tous les moyens de résistance et je dus abandonner l'une après l'autre des armes qui ne me servaient à rien. Ce fut la grande crise de mon existence, cette agonie de la pensée dont Arthur Rimbaud a écrit : « Le combat spirituel est aussi brutal que la bataille d'hommes. Dure nuit ! le sang séché fume sur ma face ! » Les jeunes gens qui abandonnent si facilement la foi ne savent pas ce qu'il en coûte pour la recouvrer et de quelles tortures elle devient le prix. La pensée de l'Enfer, la pensée aussi de toutes les beautés et de toutes les joies, dont, à ce qu'il me paraissait, mon retour à la vérité devait m'imposer le sacrifice, étaient surtout ce qui me retirait en arrière.

Mais enfin, dès le soir même de ce mémorable jour à Notre-Dame, après que je fus rentré chez moi par les rues pluvieuses qui me semblaient maintenant si étranges, j'avais pris une bible protestante qu'une amie allemande avait donnée autrefois à ma sœur Camille, et pour la première fois, j'avais entendu l'accent de cette voix si douce et si inflexible qui n'a cessé de retentir dans mon cœur. Je ne connaissais que par Renan l'histoire de Jésus, et, sur la foi de cet imposteur, j'ignorais même qu'il se fût jamais dit le Fils de Dieu. Chaque mot, chaque ligne démentait, avec une simplicité majestueuse, les impudentes affirmations de l'apostat et me dessillait les yeux. C'est vrai, je l'avouais avec le Centurion, oui, Jésus était le Fils de Dieu. C'est à moi, Paul, entre tous, qu'il s'adressait et il me promettait son amour. Mais en même temps, si je ne le suivais, il ne me laissait d'autre alternative que la damnation. Ah, je n'avais pas besoin qu'on m'expliquât ce qu'était l'Enfer et j'y avais fait ma « Saison ». Ces quelques heures m'avaient suffi pour me montrer que l'enfer est partout où n'est pas Jésus-Christ. Et que m'importait le reste du monde auprès de cet être nouveau et prodigieux qui venait de m'être révélé ?

C'était l'homme nouveau en moi qui parlait ainsi, mais l'ancien résistait de toutes ses forces et ne voulait rien abandonner de cette vie qui s'ouvrait à lui. L'avouerai-je ? Au fond, le sentiment le plus fort qui m'empêchait de déclarer mes convictions était le respect humain. La pensée d'annoncer à tous ma conversion, de dire à mes parents que je voulais faire maigre le vendredi, de me proclamer moi-même un de ces catholiques tant raillés, me donnait des sueurs froides, et par moments la violence qui m'était faite me causait une véritable indignation. Mais je sentais sur moi une main ferme. Je ne connaissais pas un prêtre. Je n'avais pas un ami catholique.

L'étude de la religion était devenue mon intérêt dominant. Chose curieuse ! L'éveil de l'âme et celui des facultés poétiques se faisait chez moi en même temps, démentant mes préjugés et mes terreurs enfantines. C'est à ce moment que j'écrivis les premières versions de mes drames « Tête d'Or », et « La Ville ». Quoique étranger encore aux sacrements, déjà je participais à la vie de l'Église, je respirais enfin et la vie pénétrait en moi par tous les pores. Les livres qui m'ont le plus aidé à cette époque sont d'abord les *Pensées* de Pascal, ouvrage inestimable pour ceux qui cherchent la foi, bien que son influence ait souvent été funeste; les *Elévations sur les mystères* et les *Méditations sur les Evangiles* de Bossuet, et ses autres traités philosophiques; le Poème de Dante, et les admirables récits de la Sœur Emmerich. La *Métaphysique* d'Aristote m'avait nettoyé l'esprit et m'introduisait dans les domaines de la véritable raison. L'*Imitation* appartenait à une sphère trop élevée pour moi et ses deux premiers livres m'avaient paru d'une dureté terrible.

Mais le grand livre qui m'était ouvert et où je fis mes classes, c'était l'Église. Louée soit à jamais cette grande mère majestueuse aux genoux de qui j'ai tout appris! Je passais tous mes dimanches à Notre-Dame et j'y allais le plus souvent possible en semaine. J'étais alors aussi ignorant de ma religion qu'on peut l'être du bouddhisme, et voilà que le drame sacré se déployait devant moi avec une magnificence qui surpassait toutes mes imaginations. Ah, ce n'était plus le pauvre langage des livres de dévotion ! C'était la plus profonde et la plus grandiose poésie, les gestes les plus augustes qui aient jamais été confiés à des êtres humains. Je ne pouvais me rassasier du spectacle de la messe et chaque mouvement du prêtre s'inscrivait profondément dans mon esprit et dans mon cœur. La lecture de l'Office des Morts, de celui de Noël, le spectacle des jours de la Semaine Sainte, le sublime chant de l'*Exultet* auprès duquel les accents les plus enivrés de Sophocle et de Pindare me paraissaient fades, tout cela m'écrasait de respect et de joie, de reconnaissance, de repentir et d'adoration ! Peu à peu, lentement et péniblement, se faisait jour dans mon cœur cette idée que l'art et la poésie aussi sont des choses divines, et que les plaisirs de la chair, loin de leur être indispensables, leur sont au contraire un détriment. Combien j'enviais les heureux chrétiens que je voyais communier ! Quant à moi, j'osais à peine me glisser parmi ceux qui à chaque vendredi de Carême venaient baiser la couronne d'épines.

Cependant les années passaient et ma situation devenait intolérable. Je priais Dieu avec larmes en secret et cependant je n'osais ouvrir la bouche. Pourtant chaque jour mes objections devenaient plus faibles et l'exigence de Dieu plus dure. Ah ! Que je le connaissais bien à ce moment, et que ses touches sur mon âme étaient fortes ! Comment ai-je trouvé le courage d'y résister ?

La troisième année, je lus les *Ecritures posthumes* de Baudelaire, et je vis qu'un poète que je préférais à tous les Français avait trouvé la foi dans les dernières années de sa vie et s'était débattu dans les mêmes angoisses et dans les mêmes remords que moi. Je réunis mon courage et j'entrai un après-midi dans un confessionnal de Saint-Médard, ma paroisse. Les minutes où j'attendis le prêtre sont les plus amères de ma vie. Je trouvai un vieil homme qui me parut fort peu ému d'une histoire qui à moi semblait si intéressante; il me parla des « souvenirs de ma première communion » (à ma profonde vexation), et m'ordonna avant toute absolution de déclarer ma conversion à ma famille : en quoi aujourd'hui je ne puis lui donner tort. Je sortis de la boîte humilié et courroucé, et n'y revins que l'année suivante, lorsque je fus décidément forcé, réduit et poussé à bout. Là, dans cette même église Saint-Médard, je trouvai un jeune prêtre miséricordieux et fraternel, M. l'abbé Ménard, qui me réconcilia, et plus tard le saint et vénérable ecclésiastique, l'abbé Villaume, qui fut mon directeur et mon père bien-aimé, et dont, du ciel où il est maintenant, je ne cesse de sentir sur moi la protection. Je fis ma seconde communion en ce même jour de Noël, le 25 décembre 1890, à Notre-Dame.

1909.

MON PAYS

CONFÉRENCE DU 16 NOVEMBRE 1937

Une légende veut que Paul Verlaine, appelé par la confiance d'excellents ecclésiastiques à l'enseignement de la langue anglaise dans un petit collège de Rethel, ait eu l'idée, avant d'apprendre platement à ses élèves le vocabulaire et la syntaxe, de leur insinuer l'accent et la prononciation. C'est quelque chose d'analogue que je vais tenter ce soir. Invité à vous parler de mon pays natal, je vais m'efforcer surtout de vous en communiquer l'atmosphère, cette parenté indélébile d'un poète avec son terroir à laquelle vos oreilles parisiennes ont déjà commencé, j'en suis sûr, à être sensibles. Déjà vous avez sûrement cessé de douter que ce soit un indigène du Tardenois qui vous adresse la parole. Je suis loin d'ailleurs de rougir de cette origine provinciale et rustique. Le nom de Tardenois a acquis, depuis les terribles batailles de la guerre, une noblesse propre qui rend inutiles toutes les recherches des curieux sur l'étymologie de ce vocable probablement gaulois. Sans qu'il soit utile d'accueillir les rêveries de cet amateur qui y voyait la critique d'un climat qui *retarde* la maturité des petits pois, ou ma propre suggestion qui est d'attribuer la fondation de ce *pagus* à Dar-

2

danus lui-même, père, si je ne me trompe, de Priam et prince d'une Troie qui est ailleurs qu'en Champagne, objet en cette qualité des malédictions bien justifiées de générations de potaches.

Je n'ai même pas eu la consolation de naître dans la capitale de ce petit royaume dont un de mes parents par alliance, M. Etienne Moreau-Nélaton, un homme de grand goût et de grande science à qui nous devons la fameuse collection du Louvre, a écrit l'histoire en trois gros volumes. Vous y verrez que le Tardenois est un des plus anciens terroirs de la Gaule : station néolithique, forteresse gallo-romaine et domaine sous les Mérovingiens de cette sainte Geneviève à qui est consacré le poème dont je vais tout à l'heure vous donner lecture. Puis vient l'époque féodale. Fère est l'apanage de la maison de Châtillon, à qui appartenait Gaucher qui, à la bataille de Mansourah, couvrit de son corps celui de saint Louis abattu par la maladie. Robert de Dreux y bâtit une forteresse formidable, dont les ruines subsistent encore, et qui passa plus tard aux Montmorency. Après les cruelles épreuves de la guerre de Cent ans où Fère se rangea du bon côté, Jeanne d'Arc y passa sans doute quand elle se rendait à Reims pour y faire sacrer le Dauphin, et le traître qui la livra aux Bourguignons, Guillaume de Flavy, périt lui-même tout à côté, dans le donjon de Nesle, par l'art d'une fillette de dix ans qu'il avait épousée. Et peu à peu l'histoire se précise et se dessine, et ses noms de plus en plus familiers viennent se rejoindre aux figures qui peuplent mes plus anciens souvenirs d'enfant. Car une vie d'homme, comme celle d'une nation, a sa période légendaire.

La mienne se rattache pendant de longues années à ce village de Villeneuve-sur-Fère où je suis né et avec lequel je n'ai rompu mes liens qu'au moment où le mariage et la fondation d'une famille m'ont amené à me transporter sous d'autres cieux. Villeneuve, plus important autrefois, est aujourd'hui un petit village de 300 habitants perché sur une colline, dernière ondulation du bourrelet de la Marne, à l'orée de la grande plaine du Nord, et éloignée de toutes les grandes voies de communication. Il se compose d'une grande place carrée, ombragée de tilleuls, sur laquelle veille une humble église gothique dont le clocher d'ardoise s'incline sous le souffle d'un vent perpétuel, comme le mât d'un bateau qui prend le large. Cette place sert en quelque sorte de parvis à un château sans grand caractère et aujourd'hui à moitié démoli. C'était au XVIIe siècle l'habitation du seigneur, le sieur Pintrel, assez haut et puissant personnage, trésorier du Soissonnais, et parent de l'humaniste qui fut traducteur de Sénèque et le professeur de Jean de La Fontaine. Nul doute que le fabuliste, qui était en même temps maître des eaux et forêts, ne soit venu quelquefois à Villeneuve. Il paraît même que son visage décore le coin d'un tableau représentant l'Assomption dont le Pintrel en question a fait don à l'église paroissiale et qu'on peut encore admirer avant que l'humidité et les dégâts d'une restauration inintelligente aient achevé de le détruire. La dalle funèbre du dit Pintrel du moins subsiste toujours, et je l'ai bien souvent foulée aux pieds en me rendant à ma place dans le chœur, non loin d'une statue naïve et belle qui représente saint Georges, patron de la localité et pourfendeur de dragons. Elevons donc, si vous voulez bien, une prière à la mémoire de ce sympathique bonhomme qui a laissé dans le pays un long souvenir, accompagné sans doute de quelques bâtards.

Puisque je parle des gloires littéraires de la région, je ne saurais omettre d'évoquer, à côté du nom de La Fontaine, celui de Jean Racine, natif de la Ferté-Milon;

celui du bon poète, chantre de la Sainte Vierge, Gauthier de Coincy, et celui d'Alexandre Dumas père, citoyen de Villers-Cotterets et qui garda toujours avec son berceau des liens dont témoignent ses impayables souvenirs. Ceci dit pour répondre à un intelligent universitaire, originaire des Pyrénées, du nom de Pierre Lasserre, qui m'a accusé de m'exprimer non pas en français mais en allemand. Pour le remercier, je lui ai fait une petite place, sous le nom de Pedro de las Serras, dans une pièce appelée *le Soulier de satin*, qui se passe en Espagne.

J'ai à peu près fini de vous parler du Villeneuve matériel, celui où je suis né à l'ombre du clocher dont je vous parlais, dans une vieille maison qui servait et qui sert encore aujourd'hui de presbytère. Entre deux occupations cléricales, elle fut l'habitation de mon grand-père, le docteur Athanase Cerveaux, pour qui mon cœur est encore aujourd'hui plein d'admiration et de respect. Puis nous intégrâmes la petite maison construite par son frère, curé du village, qui depuis a servi et sert encore de résidence à des personnes de notre famille. A côté, dans le cimetière et tout contre le mur de l'église, dorment, en attendant le jour de la résurrection, quatre générations de mes morts. C'est à eux, sans doute, que je dois cette intimité avec notre vieille terre chrétienne et gauloise qui a frappé les étrangers, bien longtemps avant que mes compatriotes, guidés par des critiques du genre de Pierre Lasserre, se soient aperçus de mon existence. C'est au son des cloches et à la mélopée des vêpres que j'ai puisé le sens de cette prosodie empruntée aux psaumes qui exaspère tellement les tenants de notre bel alexandrin. C'est là que j'ai été consacré à la Sainte Vierge, renouvelant le pacte que mes aïeux paysans, quand ils sauvèrent au péril de leur vie un prêtre insermenté, avaient conclu avec cette aimable et divine protectrice.

Mais c'est là aussi que mon cœur et mon esprit se sont ouverts à la fois à la religion et à la poésie. Villeneuve est un rude et austère pays, un pays de gros labours et de forêts, qui n'a rien de la gaieté champenoise et de l'amabilité de toutes ces bourgades vigneronnes qui dorment au bon soleil dans le repli douillet de la Marne. Il y pleut beaucoup, et quand il y pleut, c'est durement, violemment, et j'allais presque dire passionnément. Il y fait un vent terrible et qui fait tourner sans arrêt le coq du clocher et grincer la girouette de notre modeste logis. J'entends encore ce cri rouillé mêlé au bruit de la gouttière qui déborde dans le tonneau tandis que dans une chambre abandonnée, je lisais ou plutôt je dévorais avec un immense intérêt, que n'avait jamais su le moins du monde m'inspirer notre littérature classique, la *Vie des Saints*, d'Alban Butler. Ceux qui ne connaissent pas la tristesse et ne soupçonnent pas le mélange d'amertume, de componction et de satisfaction intime, j'allais dire de saturation, avec lequel un chrétien attend le jour du Jugement dernier, n'ont qu'à se rendre à Villeneuve la nuit du Jour des Morts, quand une cloche inlassablement sonne le glas au milieu des torrents d'une pluie glacée.

Mais il y a des souvenirs encore plus lointains, celui de notre vieille bonne Victoire qui, tout en gardant sa vache et en nous ouvrant des noix fraîches avec sa faucille, dans un langage plein de mots locaux savoureux, nous racontait des histoires du vieux temps, celui où le duc de Coigny, dont le nom a retenti sous Louis-Philippe dans un procès célèbre, était propriétaire de la Tournelle; le récit du pèlerinage à Liesse qui dans mon imagination prenait l'importance des voyages de Marco Polo ; la chronique des familles et des haines locales, aussi amères et misérables que celles qui ont inspiré Dante et Saint-Simon. Tout cela s'inscrivait dans ma mémoire en traits profonds. Et il y avait aussi les explorations personnelles que je dirigeais du côté de l'horizon, car Villeneuve, bâti sur une espèce de promontoire, jouit de quatre horizons, tous aussi peuplés pour moi, aussi riches de suggestions et de légendes que ceux de l'Edda. Il y a l'horizon de l'Est, qui est la triste région des bergeries et des plateaux, en proie à tous les mouvements d'une énorme nue toujours en voie de migration, de composition et de décomposition. Il y a le sombre horizon du Sud qui est la forêt de la Tournelle, précédée par la fontaine de la Sibylle (ce n'est que tout récemment que j'ai appris que Sibylle en vieux français signifiait une vieille fille). Il y a l'horizon du Nord qui est le commencement de cette plaine qui s'en va indéfiniment jusqu'à la mer, couverte alternativement de labours et de moissons et que peuplent cent villages aux beaux noms, Saponay, Cramaille, le Grand-Rozoy, Arcy-Sainte-Restitue, sans parler, plus loin du côté de Soissons, de Violaine et de Cœuvres. De ce côté m'appelaient les grandes cathédrales invisibles, Laon, Reims, Soissons. Au premier plan les vieilles fermes de Combernon et de Belle-Fontaine. Et enfin l'horizon de l'Ouest tel qu'on le découvre de ce cap où se dressait l'antique pignon de Chinchy : la butte du Géyn, de bruyères et de sable blanc avec ses roches fantastiques, et puis la vallée de l'Ourcq, la trouée vers Paris, vers le monde, vers la mer, vers l'avenir !

Tel que je me le rappelle aujourd'hui, tout cet immense paysage découvert à mes yeux était plein d'une tragédie latente, celle que j'ai essayé de réaliser dans mes premiers balbutiements dramatiques de *Tête d'Or* et de *la Ville*, plein de menaces, de présages, de méditations et de sanglots. Toute cette apocalypse de mon adolescence, vingt ans après, la Grande Guerre devait la réaliser. Je me souviens de ces soirées dans le jardin de ma vieille mère où nous surveillions un horizon plein d'éclairs et écoutions un tonnerre lointain qui ne s'arrêtait pas. Puis c'est mon retour du Brésil et ma tournée en camion au milieu de villages démolis et d'églises éventrées, où se cramponnait, comme aux jours des invasions barbares, une population obstinée.

Tout cela, toute cette atmosphère de drame apocalyptique réalisé comme en un temps précis et sur un théâtre préparé, j'ai essayé de le faire sentir dans deux poèmes dont je vais vous lire des fragments, l'un consacré à sainte Geneviève, patronne de la région, l'autre à l'apôtre des Gaules, saint Martin, évêque de Tours, dont la fête coïncide avec la date de l'armistice. Il me semble que ces lectures sont appropriées à ce mois sérieux de novembre qui est à la fois pour nous le mois des morts et le mois de la victoire. Ce sont des œuvres qui, à défaut d'autre mérite, sont profondément autochtones, jaillies de cette puissante argile celtique qui a servi de nourriture à tant de moissons et de fondation à tant de cathédrales.

Sainte Geneviève a été écrite au Brésil, au moment où les journaux nous apportaient la nouvelle de la seconde poussée allemande, dans laquelle je croyais que mon village natal avait été définitivement emporté. Les souvenirs de Lyon, où j'avais passé mes derniers jours de France, s'y mêlent à ceux de la grande arène militaire et aux premières trompettes d'une victoire obtenue, comme dit la Bible, à travers l'eau et le feu.

1938.

LE CHANT RELIGIEUX

A M. Henri Reynaud.

CHER MONSIEUR,

J'ai feuilleté d'un doigt et d'un œil sans cesse retenus et stimulés par l'intérêt, le volumineux manuscrit que vous avez consacré à la Manécanterie des petits Chanteurs à la Croix de bois, auquel vous m'avez demandé d'ajouter ce que l'élève préféré de Mallarmé appelait un *avant-dire.* Comment pourrais-je vous le refuser, alors que ce sont les frères de vos petits chanteurs revêtus de la même aube et du même amict, qui, un certain soir de décembre, à Notre-Dame de Paris, ont purifié mon âme des ténèbres matérialistes? Puissance merveilleuse de la voix, de l'âme directement qui atteint, qui imprègne, qui s'unit l'autre âme et qui l'entraîne avec elle, avec la connivence irrésistible de l'oreille, dans un même acte d'amour, quand c'est l'amour qui va à la rencontre de la foi ! Certes, la musique allemande m'avait déjà ouvert un autre monde, à la fois merveilleux et mélancolique, pour que l'enfant que j'étais allât y chercher un refuge où me serait dispensé l'oubli du bagne scientifique : ce système mécanique d'un cosmos, qui, issu du hasard et libéré de toute finalité, se trouvait cependant soumis à des lois à la fois incompréhensibles et inexorables : celui où la sinistre Université de France avait essayé d'emprisonner notre jeunesse. Mais cette fois il ne s'agissait plus de prestiges et de mensonges, des créations, comme on dit, d'un esprit qui essaye de se donner le change à lui-même, de ce mélange de béatitude et de désespoir amèrement remâché par ce héros aveugle qui prolonge indéfiniment sa plainte dans les partitions de Beethoven et de Wagner. Il ne s'agissait plus de rêves ! Il s'agissait de vérité et d'actualité ! D'un fait nouveau péremptoire et comme qui dirait à la portée de ma main ! Il s'agissait d'une relation non seulement possible, mais d'ores et déjà établie, d'une relation d'amour entre cette personne que je suis et cette autre personne qui est Dieu ! C'est cela que j'avais compris, *réalisé* d'un seul coup, en écoutant ces êtres innocents qui énonçaient l'un après l'autre (interrompus malheureusement, comme ils le sont encore aujourd'hui, hélas, par les ineptes divagations d'un orgue intempestif), les divines affirmations du *Magnificat.*

Depuis ce moment, j'ai laissé la musique profane tirer ses inspirations d'un luth suspendu aux saules de l'exil et abandonné aux souffles du désert. Mon intérêt était ailleurs.

Le chant avait cessé pour moi d'être l'amusement d'un cœur, la rêverie de quelque nymphe oiselle, la modulation d'une âme oisive qui répond, les yeux tour à tour ouverts et fermés, aux provocations de la guitare et de l'écho. Je le comprends maintenant comme une fonction religieuse, comme une fonction sociale, de même que la respiration est la fonction vitale de l'individu. *Veni, Creator Spiritus !* Viens, Esprit Créateur, cet esprit *qui a la science de la voix* et que le chant administre ! Souffle sur ces foules croyantes que le

Verbe invite à se faire parole! Soufflez, poches profondes des poumons, restituez cette haleine emmagasinée qu'Adam a puisée à la bouche même de Dieu, à travers l'appareil résonateur de la glotte et du palais et des joues, à travers l'art et l'argile des mâchoires et des lèvres ! Le prêtre officie, mais le chant de ce chœur délégué par l'assistance derrière lui des fidèles qui répond, il est aussi un *office*. Le prêtre s'adresse tour à tour à Dieu et au peuple sur le ton du discours à quoi la modulation musicale qui termine chaque période ajoute pour la conclure l'affirmation d'une conscience pénétrée. Le chœur à son tour, quand le moment est venu du psaume, s'empare de cette modulation pour y faire déferler comme en une frange d'écume le sentiment. Mais dans l'antienne et l'hymne l'âme vocale tout entière est gagnée par l'incandescence sonore. C'est une ligne qui monte et descend. Le mot est devenu note, la phrase est devenue mélodie, et la mélodie à la fin est devenue rythme et stance, à quoi la *prose*, si populaire dans notre antique liturgie gallicane, est venue ajouter un élément entraînant et populaire (1).

Ainsi se trouvent harmonieusement employées toutes les possibilités de notre sonorité intelligible et sensible, suivant le plan de ses différents paliers, qu'il s'agisse du verbe pur ou de cette émotion de nos forces intimes qui l'accompagne. Ainsi répondrons-nous à l'injonction

(1) Que de trésors contient cette musico-littérature franco-latine aujourd'hui si misérablement oubliée et abandonnée ! Là est une des sources et des ressources les plus profondes de notre poésie, la plus intimement associée à notre génie national. Qui rend justice aujourd'hui à ce magnifique poète qu'est Adam de Saint-Victor ? (Et la même abbaye produisit plus tard le grand Santeul.) Est-il possible de rêver que les temps futurs assisteront dans nos églises à la renaissance de la prose, ancienne et moderne, qui remplacerait avantageusement tant de fades *motets* ?

divine d'aimer Dieu *de tout notre esprit et de toute notre âme et de toutes nos forces*, et où nos forces trouveraient-elles meilleure expression que dans ces *hymnes et cantiques spirituels* que nous recommande saint Paul ? Dans ce devoir vocal où nous nous faisons aujourd'hui tristement remplacer par ce chantre à gages, par ce monstre beuglant que l'on appelle l'orgue !

Aujourd'hui l'art du son et du chant, si étroitement apparenté à la poésie, tout de même que les autres arts, donne des signes évidents d'anémie et de décrépitude. L'opéra, aussi bien que cette monstruosité qu'on appelle le drame lyrique wagnérien, est en train de sombrer dans l'ennui et le ridicule. Toutes ces végétations qui trouvent leurs racines dans le sol d'une sensibilité superficielle ne sont pas longues à se flétrir. Il n'y a de durable que le nécessaire, et, au fond, comme dit l'auteur de l'*Imitation*, pour l'artiste comme pour les autres hommes, *il n'y a qu'une chose nécessaire, qui est d'aimer Dieu et de Le servir Lui seul*. Tout art qui veut échapper à la mort doit revenir à ses fondations, mais ces fondations, comme nous en avertit le Livre Sacré, ne sont pas en bas, elles sont en haut. C'est là que nous devons chercher le principe et tout le reste nous sera donné par surcroît.

On ne saurait donc saluer avec trop de joie et trop d'espérance l'apparition au seuil de nos vieux sanctuaires de ces blanches psallettes dont celle des Petits Chanteurs à la Croix de bois est l'exemple accompli. L'abbé Fernand Maillet a fondé une œuvre dont la fécondité est loin d'être épuisée et à laquelle je suis heureux de voir rendre justice sous la forme de votre grand et beau livre. Entre la rue et le sanctuaire, entre les bonnes volontés latentes et le service de Dieu, entre le service de l'autel et le service de la voix, il a établi une communication, un chemin, où de grandes chose sont appelées à passer. N'est-il pas le serviteur de Celui-là qui a dit, non dans un seul sens, mais dans tous : *Je suis la Voie ?* Déjà, en écoutant les Petits Chanteurs à la Croix de bois, des principes pour nous s'éclairent, des perspectives pour un art vocal et choral spécifiquement français, aussi loin de l'art allemand que de l'art italien, de Bach que de Palestrina ou Pergolèse. C'est la tradition à reprendre de la mélodie grégorienne qui, à travers le plain-chant et les cantiques, est restée si profondément attachée à notre sensibilité gallicane. De cet art les caractères essentiels seraient la justesse et la limpidité de la voix, jointes à une claire articulation (les consonnes et encore les consonnes !) et à l'appréciation des nuances les plus fines du sens et du sentiment, la vivacité de la vie, une certaine tendresse affectueuse qui ne fait qu'un avec la gaieté, le mouvement, l'entrain, l'enthousiasme, la force par l'intensité, les trouvailles du dialogue, et surtout cette *liberté des enfants de Dieu* qui ne se laisse emprisonner ni contraindre par aucune formule et par aucune règle pédantesque.

Ainsi soit-il ! Je ne saurais mieux terminer que par cette pieuse éjaculation cette longue et ennuyeuse homélie !

Paris, le 14 novembre 1938.

ADIEU AU DANEMARK

MESSIEURS,

L'hommage si disproportionné à mon mérite que vous m'avez rendu, la fête que vous m'offrez ce soir et où je vois figurer les représentants les plus distingués de la littérature et de l'art danois, auraient bien lieu d'effrayer ma modestie d'auteur aussi peu officiel que l'est au contraire le double diplomatique dont il est ordinairement accompagné, si je ne me rassurais sur le caractère en quelque sorte posthume de cette manifestation. Un voyageur n'est jamais complètement présent. Il arrive d'un seul coup, profitant sans doute de quelque porte mal fermée, et son séjour incertain ne fait que préparer sa disparition définitive. C'est une ombre que l'on conjure quelquefois, non pas comme les Mânes Homériques avec le sang d'un animal égorgé, mais, comme ce soir, avec une coupe de vin loyal et la chaleur humaine d'une sympathie sincère; témoignant que, passant d'un jour, aucune différence de langue et de climat ne l'a privé de cette joie si rare, la seule que demande un artiste aux yeux habitués ou neufs qui le considèrent : être compris.

Entre la destinée d'un écrivain et celle d'un errant professionnel, sans cesse repris et promené aux quatre coins du monde par les hasards de la carrière diplomatique, il y a une espèce de parenté mélancolique. Nous ne voyons bien les choses que quand nous en sommes séparés, et nous n'éprouvons le besoin de les *représenter*, c'est-à-dire de substituer à leur présence réelle une présence imaginaire, que quand nous ne sommes plus avec elles, quand l'objet de nos sens ne coïncide plus avec celui de nos pensées et de nos affections. Tous ces poèmes de l'âme dont votre littérature nationale est si riche pourraient commencer par les mots : *Te souviens-tu ?* — « Te souviens-tu, disent-ils, de ces grands bois que déjà le doigt de l'automne a touchés ? Te souviens-tu de ces eaux intérieures entre des rives chargées de moissons, pareilles à la pensée du ciel au fond d'un cœur paisible ? Te souviens-tu de cette route, qui, entre des villas remplies de rires et de musique, a l'air de se jouer avec la mer sans cesse perdue et retrouvée ? La revois-tu, cette mer elle-même, cette mer changeante et chatoyante, hésitant entre le rose et le bleu, où tout est reflet plutôt que couleur, songe plutôt que réalité ? Te souviens-tu même de ces heures où les ombres ne semblent s'épaissir et la neige obstruer l'espace que pour mieux nous empêcher d'être ailleurs qu'avec ceux que nous aimons ? — Te souviens-tu de cela et du reste, de ce que tes yeux ont vu et de ce que ton cœur avait rêvé, de tout ce qui existe et de tout ce qui n'a jamais pu exister ? »

Mais en nous séparant des choses, en interposant entre elles et nous un obstacle réel ou fictif, en substituant à leur forme sensible une espèce de vertu spirituelle, la poésie et le voyage ne nous aident pas seulement à les ressentir d'une manière plus délicate et plus intime, mais aussi à mieux les comprendre. Nous pouvons faire mieux attention à elles. Elles ne se trouvent plus perdues au milieu d'une foule d'objets disparates qui se disputent nos regards. Nous les avons choisies, nous avons le temps de les interroger et d'écouter leur réponse. Bien mieux, en nous éloignant d'elles, je dis en nous éloignant à reculons, à la manière du rameur qui a déjà cessé d'être en ces lieux où son regard se complaît encore, cependant qu'au site familier s'insinue et se mêle l'ombre et le reflet du monde nouveau qui déjà nous a saisis, nous sommes moins disposés à chicaner le détail parce que l'ensemble nous est révélé en ses traits essentiels et originaux.

Et, à ce propos, en moi, s'évoquent deux souvenirs. Un jour que je me promenais avec le poète allemand Richard Dehmel, quelques semaines avant la guerre, dans un endroit appelé Blankensee d'où l'on domine cet énorme port de Hambourg, mon compagnon, me montrant ce fleuve incessamment labouré et remué par les navires, cet horizon de cheminées et de grues, ce ciel industriel servant de déversoir à la vapeur d'un travail démesuré, me dit avec orgueil : « Est-ce que vous ne trouvez pas que c'est grand ? » Eh bien non, au fond de moi-même, je ne trouvais pas que c'était grand. La grandeur n'est pas une question de quantité. Un pays n'est pas grand parce qu'il aligne des millions de soldats ou qu'il fabrique des milliards de boutons de chemise ou de rasoirs mécaniques. Était-ce là vraiment l'idée que le poète Dehmel voulait que j'emportasse de son pays ? Et dans ma mémoire remontait le souvenir de la dernière journée que j'ai passée en Chine. Au fond d'un arroyo boueux une misérable barque était amarrée. Dans cette barque deux pauvres gens à moitié nus qui venaient d'achever leur petit dîner. Et contents d'avoir dîné, maintenant ils faisaient de la musique, une musique aussi frêle et aussi simple que celle d'une paire de grillons. L'un soufflait dans une petite flûte de bois à trois trous, l'autre avec une baguette tapait en mesure sur le bol de porcelaine dans lequel il venait de manger son riz. Il y avait dans ce petit tableau une espèce de joie innocente et simplement humaine qui m'alla au cœur. C'est ce dernier trait qui me permettait de composer le vaste tableau de ce beau pays que j'allais quitter et où je venais de passer quinze heureuses années. Ainsi pour la mémoire du voyageur et de l'artiste, tout ce qui commence d'abord à s'effacer, ce sont les caractères à la fois artificiels et voulus. Ce n'est pas ce qui est *voyant* qui s'inscrit dans notre cœur, c'est ce qui est harmonieux. Déjà les gazomètres et les cheminées d'usine se sont effacés et nous voyons encore les lignes simples de la mer et des forêts. Ce sentiment de possession paisible, cette sincérité naturelle, cette unanimité de la terrasse et de ses habitants, ce sont là des accents qui rendent le souvenir du Danemark difficile à effacer, tandis que bien des villes tapageuses se sont anéanties dans la fumée du train et du paquebot.

Enfin, un dernier trait commun de la poésie et du voyage, c'est cette étrange immobilité qu'ils confèrent aux choses que leur aile a effleurées. Et ici permettez-moi encore une petite histoire. Je suis assez taquin de mon naturel et je ne résiste pas toujours avec mes enfants à cette malheureuse propension. Eh bien, j'ai remarqué qu'une des choses qui les exaspèrent davantage, c'est de leur montrer une gravure quelconque, par exemple une image de la guerre, et de leur dire : « Tu vois ce cheval qui court, eh bien, ses pattes resteront toujours levées, jamais, jamais il ne réussira à sortir de la page. Quand tu rouvrirais le livre dans cent ans, tu le retrouverais toujours là. Tu vois ce soldat qui se met en devoir d'enfoncer la baïonnette dans le ventre de son ennemi ? Il n'y réussira jamais. Dans cinquante ans, dans mille ans, malgré ses efforts et la rage qui se peint sur sa figure, son arme n'aura pas avancé d'un millimètre. Cet obus qui vole restera éternellement suspendu sans tenir à rien et faire de mal à personne. » Et ainsi de suite. Eh bien, ce que j'expliquais ainsi à mes petits bonshommes, c'est la magie de l'art et de l'éloignement qui, sous les apparitions fugitives, nous permet de dégager la signification permanente. S'il est vrai que la fleur tombe, si l'arbre se dépouille, si le cœur a cessé de se révéler dans une larme et dans un sourire, c'est partout ailleurs que dans les domaines enchantés de la mémoire. Sans cesse le passé fournit à notre présent des repères et des comparaisons et le présent fournit à son tour la réponse aux questions que le site antérieur nous avait posées. Nous comprenons ainsi que l'apparition des êtres et des choses au fil de notre route sinueuse, n'est pas l'effet du hasard, mais sans doute qu'elle a une suite, qu'elle obéit à une mystérieuse nécessité. Un pays après l'autre n'apparaissent à nos yeux que pour enrichir notre âme.

Pour enrichir notre âme. Permettez-moi de dire, Messieurs, que je quitte le vôtre plus riche que je n'y suis arrivé. J'y ai connu des impressions admirables, des amis sincères et charmants et parmi eux des artistes comme M. Roose et M. Paul Reimert, de grands poètes comme M. Sophus Michaelis, comme M. Christian Rimestad, également instruits de nos deux littératures, des compatriotes comme M. Gobinot, qui ouvrent à votre public studieux les secrets les plus délicats de notre art et de notre langage, et enfin un plus grand voyageur encore que moi-même, mon ami, le grand ami de la France au Danemark, M. Nyrop. Un diplomate ne fait guère que se poser sur l'actualité immédiate d'un pays. M. Nyrop a exploré le nôtre comme il en a exploré tant d'autres, jusque dans ses profondeurs, jusque dans ses causes, jusque dans ces ateliers secrets où il a appris à parler, où se crée sa langue, où son âme a pris conscience d'elle-même. Et, comme l'Ulysse de Dante, comme ses ancêtres, les antiques Vikings, M. Nyrop n'a pas trouvé comme tant d'autres dans ses études du passé une raison de mépriser le présent. Au contraire, son cœur généreux lui fait toujours embrasser de nouveaux horizons et rêver de nouvelles conquêtes. C'est la figure de ce grand savant, le souvenir de ce fier et courageux ami des bons et des mauvais jours, en qui se résument les meilleures qualités du Danemark, qu'il me plaira toujours d'associer à celui de cette heure où nous nous sommes quittés. Où nous nous sommes quittés non pas comme des étrangers qui dans la courte réunion de leurs mains n'échangent que de l'oubli, mais comme des associés qui ont achevé une tâche commune et comme des amis qui, je l'espère, ne se séparent que pour mieux se conserver l'un à l'autre.

28 février 1921.

DISCOURS PRONONCÉ A L'OCCASION DU VOYAGE DU MARÉCHAL JOFFRE AU JAPON

LES QUALITÉS D'UN CHEF DE GUERRE

La première de ces qualités et de ces vertus, c'est l'intelligence, cette intelligence appliquée à des choses immédiates et concrètes, dont le nom cher à tous les Français est le bon sens. L'objet de cette intelligence, c'est de ramener une situation dont les éléments sont multiples à ses traits les plus simples, c'est de distinguer si nettement l'enchaînement des faits et de leurs conséquences, et, dans le cas actuel, c'est apprécier si clairement une figure stratégique une fois constituée, c'est voir avec tant de force le point essentiel dont tout le reste est dépendance, qu'une action énergiquement appliquée sur ce point entraîne la destruction de tout l'ensemble. Cette haute qualité, où peut-on en trouver un plus bel exemple que dans la manœuvre de la Marne ?

Je me rappelle que pendant les premiers jours de notre retraite de Belgique, je suivais sur un journal, je crois que c'était le *New York Herald*, des croquis qui d'après les communiqués donnaient la situation de nos troupes. On voyait une multitude de petits segments, de lignes dans un désarroi apparent qui s'accumulaient entre les deux sinuosités de la Marne et de la Seine. Tout à coup, je crois que c'était le matin du 6 septembre, apparut un dessin d'une clarté foudroyante et révélatrice. On eût dit qu'un rideau se levait. Tous ces mêmes fragments, tous ces petits bouts de fil, s'étaient soudés et formaient entre les deux avancées de Paris et de Verdun une ligne continue, une espèce de poche préparée et de nasse où l'énorme armée allemande devait s'engouffrer. Dès ce moment on avait la sensation de la victoire. Avant que la bataille fût engagée le général en chef avait imposé sa volonté à l'ennemi, il l'avait obligé à se placer dans un certain ordre qui lui était défavorable, à constituer une figure où la rupture d'un seul élément entraînait la démolition de l'ensemble. L'héroïsme de nos soldats, la science et l'obéissance de nos généraux devaient faire le reste.

La seconde qualité du Maréchal Joffre qui se rapporte étroitement à la première, c'est le courage, je veux dire cette force d'âme qui ne permet pas aux facultés supérieures de l'esprit d'être dominées par les puissances inférieures de sensibilité et d'imagination. C'est cette solidité inébranlable avec laquelle l'esprit refuse de se laisser étonner par des accidents locaux. C'est l'âme tout entière qui accepte avec une confiance virile cette idée de nécessité que l'intelligence, la première, a formulée.

La troisième qualité est cette grande vertu intellectuelle à laquelle nous donnons en français le nom d'honnêteté ou de conscience. Du moment où l'intelligence a prononcé sur le but à atteindre, il convient que le choix des moyens à employer soit uniquement dicté par une espèce de nécessité objective, par cette obligation dont je vous parlais tout à l'heure qui de l'esprit a gagné le cœur et qu'on appelle le devoir. Si le Maréchal Joffre a gagné la bataille de la Marne, ce n'est pas seulement par l'étendue de son génie et par la science de ses combinaisons; c'est qu'à tous les degrés de la hiérarchie il avait su distinguer et imposer les hommes les plus capables de comprendre et de suivre ses ordres. C'est parce qu'il avait réduit au minimum la part de la fortune, parce qu'il savait que d'un bout à l'autre des champs de bataille, sa volonté se communiquait sans obstacle à chacun des exécutants. Le Maréchal Joffre me disait l'autre jour que pendant les premières semaines de la guerre il avait dû casser et remplacer 150 généraux. Il me disait aussi que de toutes les obligations que les circonstances lui imposaient aucune ne lui avait été plus pénible. Parmi les généraux renvoyés se trouvaient en effet des amis, de vieux camarades, des hommes de capacité remarquable, mais dont l'âme et l'esprit n'avaient pas eu une trempe assez solide pour résister à la terrible épreuve de la bataille. Le Maréchal n'hésita pas cependant et j'ose dire que de tous ses titres de gloire celui-ci est peut-être le plus grand.

C'est ainsi qu'il fit des masses déconcertées qui refluaient de Charleroi ce corps homogène où chacun, du soldat au général, savait ce qu'il avait à faire et agissait en fonction d'un ensemble. Les obstacles ayant disparu, les volontés communiquaient. Il suffit d'un seul mot, de ce fameux ordre du jour du 6 septembre qui est présent à toutes les mémoires, pour électriser nos armées et pour les précipiter d'un mouvement unanime à la tâche prescrite.

Ceci nous amène à parler de la quatrième qualité qui est nécessaire à un chef de guerre et qui est la rapidité de la décision. L'art de la guerre, en effet, se distingue de tous les autres en ceci que la longueur de temps, loin de servir au succès des opérations conçues, ne fait, aux moments essentiels, que lui nuire; qu'il doit souvent n'y avoir aucun intervalle entre la délibération et l'exécution. Cette qualité n'eut jamais de plus nécessaire occasion de s'exercer que pendant les premiers temps de la guerre franco-allemande, quand, devant l'agression par la Belgique au mépris des lois internationales, le général en chef eut à modifier sous le feu de l'ennemi tous ses plans, à faire tourner tout son dispositif de mobilisation. Pendant quelques semaines il fallut tâter l'ennemi, se mouler pour ainsi dire à lui sans jamais se laisser étreindre, l'obliger à révéler toutes ses forces et tous ses moyens, à se désarmer de la surprise. A des attaques imprévues il fallut répondre par des ripostes improvisées, à des mêlées confuses par une espèce d'architecture spontanée. Il fallut devant tout un peuple haletant qui regardait et ne comprenait pas le sacrifice des victoires déjà gagnées, serrer durement les rênes, imposer à toute cette jeunesse frémissante la plus dure des épreuves, celle de la retraite, dont chaque pas sacrifiait un morceau de corps de la France. Il fallait apprivoiser la victoire, il fallait, par une série de tâtonnements où la précision du but s'accommode d'une certaine souplesse de moyens, lui trouver le terrain qu'elle voulait, il fallait, avec la patience sagace de nos vieux chasseurs, attendre cette chance qui ne s'ouvre que la durée d'un éclair.

J'aurais encore bien des choses à vous dire, non plus seulement des qualités innées mais des expériences acquises qui ont fait providentiellement du Maréchal Joffre l'homme le mieux adapté pour la guerre de siège que la civilisation allait soutenir pendant quatre ans contre la barbarie. Ainsi, c'est à un officier issu de notre École du Génie que fut dévolu le soin d'édifier ce grand rempart fait de matériaux empruntés à tous les peuples de la terre, cet appareil puissant et souple qui pendant quatre ans allait non seulement rompre tous les assauts de l'adversaire, mais réduire peu à peu et consumer ses forces jusqu'à l'heure de l'affranchissement final. De la Marne à Verdun une victoire n'a pas cessé d'être gagnée qui fut celle de la science et, disons sans jeu de mot, du génie.

Mais je ne veux pas m'attarder à des questions techniques et matérielles qui sortent de mon propos. Il ne me reste plus, pour terminer, qu'à indiquer la vertu la plus belle et la plus haute qui a fait la gloire immortelle du Maréchal Joffre. Tous ceux qui ont vécu les jours inoubliables de notre mobilisation se rappellent qu'il y avait alors, dans ce peuple de France arraché d'un seul coup à ses occupations, placé seul face à face d'un ennemi qui lui aussi allait se jeter sur lui de tout le poids et de toute la masse de son énergie, la tranquille conviction que nous ne pouvions pas être vaincus, que la France ne pouvait pas périr. Cette conviction, toutes les fortunes de la guerre, quatre années d'épreuves inouïes ne l'ont jamais arrachée du cœur de nos armées. Le civil pouvait s'affoler, mais depuis le général jusqu'au simple soldat les combattants savaient d'avance. Ils communiquaient avec la conscience de la nation, ils participaient à sa nécessité antique, à son devoir et à sa certitude de durer. Cette vertu intime et inébranlable qui fut pendant quatre ans celle d'une armée formée du trust de nos générations, elle fut éminemment celle de l'homme appelé à l'honneur de les commander. Et je suis sûr que tous les Japonais passionnément attachés à leur pays, animés de la fierté de faire partie d'un grand ensemble qui a une vocation plus longue que celle des générations transitoires, me comprendront quand je leur dirai son nom. Elle s'appelle *la Foi.*

Tokyô, 1922.

CONSOLATION A UNE MÈRE SUR LA MORT DE SA FILLE

CHÈRE MADAME,

C'est bien volontiers que je vous autorise à faire usage des quelques lignes que je vous ai écrites à propos de la mort de votre enfant. Mais l'essentiel s'en trouvait déjà dans cette ligne de la Préface de la Messe des Défunts : *Vita mutatur, non tollitur;* la vie est changée, elle n'est pas enlevée. Ce n'est pas assez dire qu'elle est changée, mais plutôt qu'elle est restituée à ce qu'il y a en elle de plus caractéristique et de plus essentiel. Vous avez remarqué qu'il y a dans la vie de ceux que nous aimons des moments où nous trouvons qu'ils sont plus *eux-mêmes*, où ils donnent le meilleur de ce qu'il y a en eux : et ce sont ces moments-là que nous aimons à nous rappeler. Ce sont ceux où ils sont davantage des *enfants de Dieu*, où ils réalisent davantage l'idée que le Père Céleste avait en les appelant à l'existence. Eh bien ! il est permis de penser que la vie future, dont Notre-Seigneur a dit qu'elle est une *clarification*, sera celle d'une personne entièrement illuminée par son âme. L'Apocalypse nous dit : *Il essuiera toute larme de leurs yeux.* Ce ne sont pas seulement des larmes qu'il essuiera, mais aussi tout ce qu'il y a en nous d'obscur, d'occasionnel, d'étranger, de profane, de mauvais, pour ne laisser subsister que la connaissance, l'amour, la bonne volonté, la lumière et le parfum. Nous serons nettoyés des pieds à la tête comme un petit enfant à qui on fait prendre son bain, que l'on savonne et que l'on essuie bien soigneusement.

Une autre pensée est celle qu'exprime saint Grégoire quand il dit de nos chers défunts : *Ils seront transparents comme le verre, ils seront splendides comme l'or.* Il n'est que trop facile de constater combien pendant leur vie ceux que nous aimions le plus étaient impénétrables. Nous étions obligés de les surprendre, de les deviner. Eux-mêmes agissaient souvent par des motifs complexes qu'ils auraient eu peine à expliquer. Notre tendresse se heurtait à cette carapace superficielle. Nous étions incapables d'étreindre ce qu'ils étaient eux-mêmes, incapables de livrer. Après la mort au contraire, tout devient clair, tout devient lisible et transparent. Ce que saint Jacques (I, 17) appelle les ombres du changement, cette variation continuelle et décevante aura disparu. Nous absorberons nos bien-aimés d'un seul regard et, si je peux dire, d'un seul trait, d'une seule aspiration intellectuelle.

Splendides comme l'or, cela veut dire qu'ils rayonneront de toutes parts cette vérité qui les pénètre et qui les a libérés. Sur la terre tous les objets sont évalués au poids de l'or, c'est ce qui constitue ce qu'on appelle leur valeur d'échange. De même la mort, comme un bienheureux alchimiste, transmute en une valeur fixe et indestructible tout ce qu'il y avait en nous de bon, mais de passager. Le mort vit de l'or, il parle de l'or, comme nous disons en Français, il éveille dans notre cœur l'or endormi, c'est-à-dire les vertus de foi, d'espérance et de charité, il nous touche avec des doigts inestimables, il fait or de notre résignation et de notre bonne volonté, il éclaire d'un tendre rayon, avec sa propre personne, le pas qu'il nous reste à parcourir et qu'il a déjà franchi.

Méditez, chère Madame, après la sainte Communion ayez toujours dans la pensée ces mots qu'on trouve partout écrits sur les murs des catacombes et dont la Passion des saintes Perpétue et Félicité nous donne l'explication : *Paix, Repos, Rafraîchissement, les eaux vives, le lieu verdoyant...*

C'est là que je vous laisserai aujourd'hui après vous y avoir menée par la main.

1936.

LE BIENFAIT DE LA CONTRADICTION

AUX JEUNES GENS DE L'UNIVERSITÉ CATHOLIQUE DE LILLE

Les naturalistes, qui sont souvent des poètes, ou en tout cas des romanciers, prétendent que si dans l'hémisphère austral les espèces animales ont dégénéré, c'est par suite de l'absence des ennemis, fauves ou serpents, contre lesquels elles auraient eu à lutter. Je ne sais ce qu'il y a de vrai dans cette théorie aventurée. Mais en la reportant dans le domaine spirituel on y trouve certainement une bonne part de vérité. Une doctrine se juge par l'étendue et la profondeur des racines qu'elle propage et qu'elle enfonce jusqu'au fond de notre nature morale, intellectuelle, et j'allais presque dire physique, disons simplement sensible. C'est souvent par la contradiction qu'elle suscite, par la variété des ressources auxquelles elle fait appel pour se maintenir et garder attache à son principe, par l'énergie de l'opposition qu'elle rencontre et, dirait-on, qu'elle provoque, qu'une foi inerte devient vivante, qu'elle prend figure, action et expression, que de latente elle devient consciente, et d'ingénieusement défensive vigoureusement et virilement offensive.

Si l'on accepte ce critérium, on peut dire qu'il n'y a pas de doctrine pour l'homme plus formatrice, plus révélatrice, plus exploratrice et plus vivifiante, que notre foi chrétienne et catholique. Elle est bonne non seulement par l'accord intime et profond qu'elle nourrit en nous avec cette nature première que nous avons reçue de Dieu, mais par l'opposition décidée qu'elle déclare à ce que j'appellerai la contrefaçon et l'idole, à tout ce qui en nous est l'œuvre de la nature seconde, de la facilité, de l'erreur, du mauvais jugement et de la mauvaise habitude. Évangéliser en nous toutes les facultés, tous les cantons de notre âme, porter la hache et la torche au milieu de nos passions sauvages, porter le soc dans cette terre ingrate et compacte, porter l'épée au milieu de cette ménagerie intérieure où se déchaînent les monstres de la concupiscence et de l'imagination, ce n'est pas l'œuvre d'un jour et même avec la collaboration de la Grâce, ce n'est pas toujours la réussite d'une vie. Il est impossible d'être chrétien sans un effort. Il est impossible de mettre au jour l'homme nouveau sans une coopération douloureuse et souvent héroïque à ce Dieu qui nous a fait et qui nous demande de l'aider à nous refaire.

Par l'exercice incessant de cette guerre intime que le chrétien par vocation est obligé d'entretenir avec les parties inférieures de sa propre nature, avec la carapace de son ignorance et avec les ferments toujours bouillonnants en lui de la rébellion, il est préparé, il est armé pour l'arène extérieure et pour la lutte avec ce monde qui, en attendant que la croix, selon qu'il nous a été promis, le surmonte et le subjugue, ne nous ménagera pas ses assauts. L'homme a besoin d'un drapeau. Il a besoin d'un devoir. Il a besoin d'un commandement. Je dirai plus, il a besoin d'un ennemi dont l'activité incessante l'oblige au contrôle de ses actes, à la conscience de ses ressources, à la mobilisation et au développement de ses énergies. Ce n'est pas nous seuls que nous avons à défendre, c'est l'idée d'un Dieu personnel, d'une réalité supérieure sans laquelle l'homme retourne à la brute et la civilisation au chaos. L'esprit qui doit nous animer, c'est celui qui inspirait les Macchabées à ce moment où, contre la civilisation hellénique parvenue au point culminant de ses succès, de ses séductions et de ses prestiges, ils défendaient héroïquement, seuls dans tout l'Univers, l'idée d'un Dieu transcendant. Ce n'est pas seulement de notre carrière qu'il s'agit, c'est du salut spirituel de l'humanité, dont nous sommes, chacun à notre place, responsables et pour lequel nous ne réunirons jamais assez de connaissances, assez de forces morales, assez de préparation au combat et au sacrifice. Il s'agit de nous, il s'agit de Dieu et il s'agit de nos frères. C'est en devenant pleinement des hommes conscients, c'est en revêtant d'une manière plénière et éclatante notre devoir d'état, que nous remplirons la vocation qui nous a été assignée et que nous serons fidèles à cette devise magnifique : *Agere et pati fortia christianum est.*

1938.

LE GOÛT DU FADE

Je viens de faire une randonnée, comme on dit, en auto, dans l'un des plus beaux pays que j'aie vus, un de ceux où la France chrétienne a laissé le plus de traces magnifiques et de nobles monuments.

Je n'indiquerai pas le nom de la ville qui formait le but principal de mon excursion. On la reconnaîtra peut-être, si je dis que sa cathédrale est un exemple de ce que le style roman a de plus austère et de plus dépouillé dans une autorité à la fois sereine et massive. Elle est flanquée d'un cloître du même style surmonté d'un curieux décor polychrome qui a quelque chose d'oriental. Dans le redoublement espacé de ses courts piliers, dans son refus de l'ornement, dans sa géométrie quadrangulaire, c'est puissant, solide et beau comme un traité de saint Anselme.

On rentre dans la cathédrale : et quand on a fini d'honorer la Vierge noire, on se retourne et l'on reçoit un coup en plein cœur.

De chaque côté de l'incomparable vaisseau, au pied de ces murailles sublimes, on a mis deux statues de marbre, mémorial, paraît-il, d'un pèlerinage récent : sainte Jeanne d'Arc et saint Louis.

Est-ce vraiment du marbre ? Ne serait-ce pas plutôt

de la mie de pain ? du camphre ? de la pulpe de panais ? de la paraffine à peine solidifiée ? On dirait que ça n'a pas été réalisé sur une matière honnête avec le ciseau et le marteau, mais obtenu à coups de langue.

Et l'expression véritablement imbécile de ces deux visages sacrés ainsi offerts à la vénération des fidèles ! On a honte.

Et tandis que l'auto nous emporte vers un autre sanctuaire célèbre, imposant et humiliant témoignage du génie et de la piété de nos pères, on se prend à faire de tristes réflexions.

Cette éclipse à peu près totale depuis un siècle dans l'art chrétien non seulement du talent et du goût, mais de la dignité et de la véritable piété, quelle en est donc la cause ?

Étudions-en d'abord le symptôme le plus écœurant. C'est une espèce de diabète moral et je l'appellerai le goût du Fade.

On dirait que le corps de vérités les plus profondes et les plus sublimes qui soient au monde, illustrées par d'incomparables poètes et par une lignée rayonnante de héros surhumains, est expliqué à des enfants anormaux par une nourrice à moitié idiote qui bêtifie : *Bébé faire dodo. Tati va y mettre ses yéyés. Il aura du bon susucre*, etc...

Si le sel perd sa saveur, dit l'Évangile, avec quoi salera-t-on ? Les catholiques modernes répondent d'une seule voix : Avec du sucre !

Cette lavasse qui dégoûte Celui-là même qui, sur la croix, s'est régalé de vinaigre et de fiel et qu'il rejette avec horreur de sa bouche (Apoc., 3,16), c'est cela dont depuis bien des années nous trempons notre soupe artistique.

Le mal est ancien. Tout à l'heure nous essayerons d'en dégager la racine. Il remonte à la fin du Moyen Age.

Mais la Renaissance avait encore une certaine plénitude de chair et de muscles, une allégresse animale. Le XVIIe siècle avait la proportion, l'éloquence et la majesté. Le XVIIIe siècle avait l'esprit, l'amabilité et la grâce. Louis-Philippe lui-même un certain décorum, une espèce de naïveté bourgeoise.

Et nous, qu'avons-nous ? que voyons-nous autour de nous ? et quelles sont les causes profondes d'une situation aussi lamentable ?

Il y en a une qui est facile à discerner tout de suite. C'est l'art industriel. Il est beaucoup plus facile de travailler dans le conventionnel que dans l'original. Il est beaucoup plus commode de reproduire que de créer. Le commerçant cherche le goût moyen de sa clientèle et il y conforme les numéros de son catalogue. Il ne s'agit pas d'honorer Dieu, comme Béséléel, de l'ouvrage de nos mains. Il s'agit de fournir au culte et à la prière un prétexte quelconque, satisfaisant à certaines caractéristiques. Il ne faut pas surtout que la clientèle se sente désorientée. Un curé m'a raconté qu'ayant essayé d'offrir à la piété de ses paroissiens italiens un saint Roch un peu modifié, il avait provoqué une espèce d'émeute.

Cette explication n'est pas suffisante. L'art religieux recherché et riche, fabriqué par des notabilités achalandées et officielles, n'est nullement supérieur à celui des bazars pieux. Il est plutôt pire. Avec de ridicules prétentions, c'est toujours la même recherche du joli et du propret, le même sourire sur des figures poupines dans les larmes et la mélasse.

Est-ce donc la faute du public ? Oui certainement, en grande partie. Il est lamentablement vrai que depuis bien des années, dans de grandes parties de la France et de l'Europe, l'église a été désertée par les hommes. On se montre encore, par-ci par-là, à la messe le dimanche quelques spécimens de ce sexe grossier. Mais en semaine on ne voit plus autour de soi que des vieilles femmes et des vieilles filles. Loin de moi la pensée de dire du mal de ces âmes fidèles qu'on essaye de ridiculiser en les appelant des « dévotes ». Si elles n'étaient pas là, le Christ serait totalement abandonné. C'est elles qu'en Amérique j'ai vues aller à l'église sous le blizzard dans les ténèbres du matin avec de la neige jusqu'au genou. Dieu seul sait ce qui se cache d'héroïsme, de vertu, de fidélité ardente, dans ces cœurs cachés et méprisés. C'est du milieu d'elles que s'élève comme une colonne une Pauline Jaricot, la fondatrice de l'Œuvre de Saint-Pierre Apôtre ou celle des Congrès eucharistiques. Mais enfin tout le monde sait ce que peut donner en art le goût « vieille fille », pour peu qu'on lui montre de la complaisance, et il faut bien reconnaître que jusqu'ici on ne lui a pas plaint les bonbons et les rubans, on ne lui a pas mesuré l'azur et l'or !

Mais il serait injuste d'accuser uniquement les fidèles. Il faut s'en prendre aussi au clergé qui pendant trop longtemps s'est confiné vis-à-vis du siècle dans une attitude apeurée et défensive et a cru que l'art ne pouvait se séparer du péché qu'en se séparant de la vie. Le geste est devenu laid parce qu'il était vide. La convention est devenue le triste vêtement de l'accoutumance. Le sentiment n'est plus indiqué que par une allusion craintive. Le cliché, la faconde, la routine, le développement tout fait, ont remplacé l'humble méditation nourrissante et personnelle. Ce n'est pas seulement dans l'art plastique que se montrent ces défauts et les tristes fruits d'une rhétorique périmée, cette espèce de mousse albumineuse qu'on prend pour de l'éloquence, incroyablement étroite, artificielle et timide. Il n'y a qu'à ouvrir les livres de dévotion, disons d'il y a vingt ans, pour y trouver des échantillons navrants de ce que j'appelle le style Gramidon, ce style chaste et feutré dont l'illustre Ernest Renan nous offre les meilleurs exemples.

Et pourtant les prêtres passent leur vie à lire et à méditer la poésie la plus âpre, la plus énergique, la plus hardie qui soit au monde, celle des psaumes et des prophètes. Ils exercent leur ministère en France dans des édifices généralement superbes. La prière, le contact avec les réalités spirituelles les plus hautes, avec les misères humaines les plus émouvantes, ouvrent leur cœur et leur esprit à tout ce qui est grand, bon et beau. D'où vient donc cette aversion pour l'expression forte, pour la sainte et rude réalité telle que Dieu l'a faite, si le péché l'a déformée ? D'où vient le goût non seulement du frelaté, non seulement du doux, mais du douceâtre ? *Quomodo obscuratum est aurum optimum ?*

La cause profonde est que depuis trois siècles l'idée motrice de l'art religieux n'est plus d'honorer Dieu et d'illustrer la foi, mais de *plaire*, et d'aller aux âmes par le chemin le plus facile, en flattant, en apprivoisant nos puissances superficielles de sentiment. Comment expliquer autrement que dans un siècle qui a compté tant de grands artistes, un Rude, un Carpeaux, un Rodin, un Bourdelle, un Maillol, un Despiau, ce ne soit jamais eux à qui s'adresse l'autorité ecclésiastique, mais à des marbriers de cimetières et de lavabos, fournisseurs de simulacres désossés ?

Que les prêtres aillent donc contempler à la Chaise-Dieu, comme je viens de le faire, cette formidable statue d'évêque qui les accueillera au porche, aussi imposante que les morceaux les plus célèbres de la sculpture assyrienne ou chinoise !

Il serait injuste de ne pas reconnaître que depuis quelque temps un progrès a été réalisé. L'art catholique moderne peut s'enorgueillir de noms comme ceux d'un Dom Bellot, d'un Cingria, d'un Charlier (qui fait paraître en ce moment avec une compétence que je n'ai pas, dans le *Bulletin des Missions* de S. André de Lophem, d'admirables articles), d'un Servaes.

Soyons sûrs que l'art chrétien n'est pas mort. Une puissance de vie repose sous ses membres desséchés. *Fili hominis, putasne vivant ossa ista ?*

Les ordres religieux moins asservis aux goûts courants s'honoreraient en prenant l'initiative d'une renaissance. Il y a de quoi tenter le zèle des fils généreux de saint Benoît, de saint Dominique et de saint Ignace. Il me semble que ce rôle leur appartient éminemment.

Un peu de sévérité, un peu de rudesse, comme cela ferait du bien après cette longue saison de saccharine, cette saturation de sirop !

1937.

LE VISAGE DU CHRIST

Vous connaissez, vous avez tous vu (1) et quelques-uns d'entre vous contemplé, dans beaucoup d'églises de France, par exemple dans celle de Saint-Pierre de Solesmes, un de ces groupes statuaires que le Moyen Age finissant a descendus de ses murailles pour les mettre de plain-pied à la disposition des fidèles. Toutes sortes de personnages, et l'on dirait que chacun porte le costume officiel d'un certain rôle, sont réunis, comme nous-mêmes aujourd'hui, des hommes, des femmes, appartenant à toutes les conditions, mandataires, on dirait, d'un peuple immense qui piétine à la porte et qui va leur succéder. Ils sont réunis autour d'une table, et sur cette table, il n'y a pas les éléments d'un festin, il y a un cadavre. Ils le regardent. Lui et eux, spectacle et spectateurs, taillés dans la même pierre, font partie pour tous les temps de la même permanence et de la même immobilité. Ce qui les réunit, ce n'est pas, comme dans le fameux tableau de Rembrandt, *la Leçon d'anatomie*, une curiosité scientifique autour de cette misérable dépouille que le couteau du prosecteur vient de découdre. L'homme qui est là étendu, ce n'est pas un de ces pèlerins

(1) Cette page a été écrite par l'auteur pour servir d'introduction à une conférence de M. Paul Vignon sur le Saint-Suaire de Turin.

anonymes qui s'abandonnent à une courte halte entre un lit d'hôpital et cette couche définitive que se hâte d'aménager pour eux la pelle du fossoyeur. C'est l'Homme par excellence, le Fils de l'Homme. Il est là par terre à notre disposition. Sa Mère même, qui tout à l'heure le tenait ouvert sur ses genoux, elle nous l'a remis, elle-même n'est plus qu'une unité parmi cette ligne circonférente de témoins. C'est le Nouveau Testament et le Testateur lui-même s'est placé entre nos mains. Ses lèvres sont closes, mais il parle : et nous, en silence, de tout ce qu'il y a en nous de regard et d'intelligence, nous l'écoutons.

Si tu es vraiment le Fils de Dieu, eh bien, descends de la croix ! disaient les antiques pharisiens, à la tête de cette longue procession de sceptiques, de politiques, d'orgueilleux et de ricaneurs, qui n'a pas cessé jusqu'aujourd'hui de défiler sur le Calvaire au milieu des fidèles silencieux et consternés. C'est fait ! Oui, Il est descendu de la Croix, mais c'est pour Se laisser engloutir par le Tombeau. Et s'Il en est ressorti le Troisième Jour, si pour tous les chrétiens Il ne cesse de résider parmi nous derrière les portes dorées du tabernacle, il y a toujours eu dans tous les siècles une foule immense qui a refusé de se laisser convaincre, pour qui la Tombe a eu le dernier mot et qui a repris obstinément à son compte la parole de saint Thomas : *Si je ne mets le doigt dans les trous de Ses mains et de Ses pieds, et dans l'ouverture de Son côté, je ne croirai pas !* Toutefois, devant cette cohue de réfractaires, il restait un témoignage, il subsistait un texte écrit et une image dessinée, et c'est sur ce texte et sur cette image que, depuis le temps des Iconoclastes jusqu'au nôtre, la fureur et la sottise d'une double classe d'adversaires n'ont cessé de s'exercer, et que s'est organisé et réparti, si je puis dire, le travail de la Seconde Passion. Il y a d'abord eu celui de la haine. Comme les équipes de bourreaux se relayaient autour du Corps sacré, c'est ainsi que les hérétiques lassés ont passé leurs instruments à tous les critiques dont les siècles qui viennent de s'écouler ont vu se succéder les cohortes, toutes ces gueules endentées dont le psaume compare la voracité à celle du Sépulcre lui-même. Soufflets et meurtrissures en plein visage, lanières tranchantes, insidieuses et féroces, enlacements vipérins, crocs et balles de plomb, tout l'arsenal dévorateur que M. Paul Vignon nous décrit dans son livre, on a épuisé contre Lui les moyens de destruction. Et pour qu'un regard de ces paupières gonflées de sang, de larmes, de majesté et de reproche ne vienne pas déranger les opérateurs appliqués à leur tâche, on a pris soin de Lui bander les yeux ! Nous avons assisté à cette curée, entrecoupée par les génuflexions hypocrites d'un Ernest Renan et de ses émules. Et à la fin un cri de triomphe s'est élevé : Il n'est plus là ! *Consummatum est.* Nous en sommes venus à bout ! Tout se passe comme s'Il n'était jamais venu, comme s'Il n'avais jamais existé !

Mais ce n'est pas la haine seule qui s'est mise à l'ouvrage contre la personne du Fils de Marie. La mauvaise volonté a pris d'autres formes que celle de la violence, je veux dire celle de la paresse, de la commodité, de l'habitude, du dégoût de ce qui est sévère et du goût de ce qui est agréable. On n'a pas détruit le Christ, mais on l'a défiguré. A la différence de saint Paul, les chrétiens veulent bien du Christ, mais ils ne veulent pas du Christ crucifié. On a peigné et pommadé ses cheveux, on a fardé ses joues, tous les peintres se sont chargés de le nourrir à nouveau de ce *beurre* et de ce *miel* dont parle le prophète Isaïe. Comme cela il ne fait plus peur à personne. Il ne nous dérange plus. Sous ce regard neutralisé rien ne nous empêche plus de vaquer à nos petites affaires. Ce sentiment d'ailleurs n'est pas spécial à notre temps. M. Paul Vignon nous apprend qu'il a fallu des siècles avant que l'humanité ait pu s'habituer à l'image scandaleuse d'un Dieu souffrant, d'un Dieu mort, et l'Église grecque encore aujourd'hui en exclut la représentation. Vous vous souvenez de ces pages de Dostoïewski où témoignage est porté de l'épouvante et du désarroi qu'apporta dans l'âme de l'auteur de *l'Idiot* la vue de ce *Christ gisant* de Holbein qui est au musée de Bâle. « *Tolle ! Tolle !* » disent les gens. C'est affreux ! C'est intolérable ! Enlevez cette image épouvantable qui non seulement nous terrifie, mais qui nous accuse ! Refaites-nous un Christ bien gentil, quelque chose d'aimable à qui nos péchés n'aient fait que des égratignures. Le malheur est que l'on aboutit à une figure si générale et si plate que littéralement on ne le voit plus. Le panneau l'a résorbé. Sur le linge de la Véronique, toute image s'est effacée. (« Effacé », c'est le mot qu'on emploie dans la conversation courante pour désigner quelqu'un qui ne se signale plus par aucune espèce de trait caractéristique.)

Et Madeleine désespérée s'écrie en se tordant les mains : *Ils m'ont enlevé mon Seigneur et je ne sais où ils L'ont mis.*

Eh bien ! ce que l'on nous annonce aujourd'hui, c'est qu'Il est ressuscité ! Du fond du passé, des ruines de l'Empire byzantin, des hasards du pillage, des flammes de l'incendie, et j'allais ajouter des négations forcenées de l'intérêt humain et de la critique, il est sorti une relique étrange. C'est un drap maculé de rouge où l'on distingue vaguement les linéaments d'un corps et d'une figure. Depuis des siècles on le garde honorablement à Turin où il fait l'objet d'ostensions périodiques, et les documents permettent d'en suivre la trace jusqu'à Chambéry et jusqu'au moment où il surgit d'un obscur village de Franche-Comté. Et voilà qu'en 1898, sur ce document mystérieux, on braque l'objectif photographique et que de la plaque développée et imprimée jaillit l'image terrifiante et sublime que vous connaissez, cette vision même qui, il y a 1.938 ans, sur le Calvaire faisait crier au Centurion : *Celui-là était vraiment le Fils de Dieu*. Voici Sa Majesté. Voici Dieu et voici l'Homme. Voici la couronne d'épine, voici les meurtrissures de la flagellation, littéralement ce spectacle qui faisait dire à Isaïe que *de la tête aux plantes il n'y a plus de place intacte sur cette chair*. Voici les plaies des pieds et des mains et voici celle du côté. Voici le sang; et, nous dit M. Paul Vignon, voici le sérum. Voici les traces affreuses d'une décomposition qui commence. C'est cela que l'on nous a mis sous les yeux et dans les mains. Une photographie, comme celle que nous sommes invités à coller sur notre passeport ! Une pièce d'identité irrécusable ! Plus que cela : une empreinte prise du Dieu homme entre la vie et la résurrection et témoignant de toutes les deux à la fois ! un contact, non seulement avec le fait, mais avec le miracle !

Qu'en dites-vous, Renan, Loisy, Couchoud, tous les sceptiques, tous les négateurs ! Il vous fallait un document authentique, ô tristes gendarmes ! Celui-là vous suffit-il ? Assez de discussions, assez de paroles, dit le Christ. J'ai repris ma position sur le marbre sépulcral. Moi, Moi, Moi-même, dont il était écrit et parlé depuis dix-neuf siècles, c'est Moi et Me voici !

De cette épiphanie, de cette résurrection, à laquelle depuis trente-six ans il consacre tout ce qu'il a de science, d'intelligence et de vertus scientifiques, M. Paul Vignon va vous parler, résumant l'ouvrage monumental qu'il vient de consacrer à ce sujet étonnant, et dont la partie la moins saisissante n'est pas cette enquête iconographique qui lui a permis de retrouver les traces de l'image du Suaire jusqu'aux premiers siècles de l'Ere chrétienne.

Ainsi donc, Seigneur Jésus, c'est Vous, et la parole du Psalmiste « *que notre visage recherche le Vôtre* » a obtenu satisfaction. Laissez-moi dire que Vous avez bien choisi Votre moment et que jamais nous n'avons eu besoin de Vous davantage. Les textes prophétiques se pressent dans ma mémoire. Celui-ci d'Isaïe, par exemple : *Voici que le Seigneur ôtera de Jérusalem et de Juda l'homme fort et valide, toute puissance du pain et toute celle de l'eau, le fort et l'homme de guerre et le divinateur et le vieillard : le prince au-dessus de cinquante ans, et toute personne honorable, et le sage architecte, et l'expert du langage mystique. Et je leur donnerai de petits enfants pour princes et des efféminés seront leurs maîtres.* L'application de cette prophétie dans notre France, vous ne serez pas longs à la faire. Mais sur une grande étendue de l'Europe et qui ne cesse de s'élargir, que voyons-nous, sinon la submersion apparente de la civilisation chrétienne, de tout ce qui avait fait la grandeur et la couronne des enfants de Japhet, au profit de doctrines bestiales, telles que le racisme et le marxisme, qui sont la honte de l'esprit humain, et de la violence pure et simple ? L'antique Autriche, avec son splendide passé, le pays qui, si longtemps, a été le rempart de la chrétienté contre l'hérésie et l'Islam, la patrie de la musique, celle de Mozart, de Haydn, de Beethoven et de Schubert, nous l'avons vue s'engloutir d'un seul coup sous nos yeux. Et alors nous avons assisté à une scène qui rappelle celle de l'*Iliade* où le vieux souverain de Troie vient se prosterner aux pieds du conquérant brutal pour lui demander le corps de son fils. Le conquérant, je n'ai pas besoin de dire son nom, c'est l'homme à qui le Saint-Père lui-même a décerné solennellement le titre de Persécuteur de l'Église, qui non seulement emprisonne ses prêtres, mais qui essaye de les déshonorer sous les accusations les plus ignobles : et l'homme, dans ses longs vêtements rouges, qui se traîne à ses pieds et lui embrasse ses bottes encore humides du sang de Dollfuss, l'homme qui essaye, au prix d'une telle humiliation, d'acheter un peu de miséricorde et de tolérance pour son troupeau (1), c'est le cardinal archevêque de Vienne. Devant un tel spectacle, devant le récit de tous ces suicides ou pseudo-suicides qui ensanglantent les pages de nos journaux, nous serions tentés de reprendre à notre compte l'amère méditation de l'Ecclésiaste : *Je me suis tourné d'un autre côté et j'ai vu les oppressions qui se font sous le soleil et les larmes des innocents qui n'ont pas de consolateur et qui ne peuvent résister à la violence, abandonnés qu'ils sont de tout secours : et j'ai félicité les morts plus que les vivants.* Mais non ! Il nous reste un secours dans cette image sublime que la tombe nous a restituée. *Toi, du moins, Seigneur,* disons-nous avec les voyageurs d'Emmaüs, *demeure avec nous parce que l'ombre gagne et parce que le jour s'incline.* Au naufragé, au submergé, au désespéré, l'attache sûre ne fait pas défaut qui est l'épaule d'un Père retrouvé. Et c'est dans Sa propre bouche à Lui que pourraient être placées les paroles de l'Évangile : *Réjouissez-vous avec moi, parce que Celui qui était mort Il revit ! et Celui qui avait péri, Il a été retrouvé !*

(1) Cette interprétation, hélas ! était erronée comme l'ont prouvé les explications subséquentes. C'est par un penchant irrésistible et spontané de son âme que le cardinal Innitzer s'est précipité aux pieds de Hitler et de ses représentants.

PREMIER DISCOURS AUX HOMMES DE LETTRES BELGES

Je remercie mes amis belges du Cercle de l'Avenue, du Pen-Club de Belgique, du Pen-Club Flamand et de la Nouvelle Equipe, de la bienvenue qu'ils m'offrent aujourd'hui si généreusement. Parmi les figures qui m'entourent, j'en vois plusieurs qui sont celles d'amis chers, j'allais dire de compagnons d'armes, du temps de la *Jeune Belgique*, de *Durendal*, de la *Wallonie*, et d'*Antée*, et de tant de vaillantes petites feuilles où ont paru plusieurs de mes premières productions. Je salue avec un plaisir et une affection particulière le délicieux poète Thomas Braun, qu'on a comparé si justement à notre Francis Jammes, mon ami Albert Mockel qui me rappelle mes plus anciens souvenirs mallarméens, et le vaillant Louis Piérard, un poète aussi, c'est-à-dire, au sens étymologique, un créateur, un de ces hommes qui savent que le présent est la matière de l'avenir et que l'idée est faite pour s'inscrire sur le réel. A tous ces amis retrouvés et aux nouveaux venus qui les accompagnent, à tous ceux dont j'ai déjà eu le plaisir de serrer la main et à tous ceux qui ne me connaissent que par l'accent de cette *parlure visible*, comme dit le vers de Dante, qui résonne aux pages d'un livre, je dis de tout cœur merci. Un ambassadeur de France en Belgique doit être autre chose que l'expression d'un papier officiel et d'une convenance administrative : et, quand revient dans les conversations protocolaires l'insistance sur ces liens qu'il s'agit éternellement de consolider et de resserrer entre les deux pays, vous comprenez tous qu'il ne s'agit pas seulement des liens créés par l'intérêt et maintenus par l'habitude, mais d'une parenté de goûts et de caractères, d'une manière commune de voir, de sentir, de comprendre, de s'exprimer et de se déterminer, d'une pénétration des âmes et d'une commune orientation de nos destinées spirituelles. A ce point de vue il n'est peut-être pas hors de propos que le Gouvernement français ait choisi un écrivain pour le représenter dans un pays qui a jadis fourni les services de Rubens à la diplomatie. Après tout, le métier d'un peintre est de voir et il ne manque pas de gens qui prétendent que celui d'un poète est de deviner.

Quand le poète cohabite avec un ambassadeur, ce métier est aussi de dîner en ville, conformément à la destinée que les étoiles resplendissantes suspendues aux revers de son habit, lui imposent, et de prêter une oreille parfois récalcitrante aux questions de ses aimables voisines. Parmi ces questions une des plus habituelles est celle-ci : « Oh ! Monsieur l'Ambassadeur, on nous a dit que vous étiez aussi un écrivain. Comment faites-vous pour mener de front les deux occupations ? » Ma réponse est que la nature nous a donné diverses aptitudes et nous a imposé des obligations fort disparates dont nous nous tirons en général assez allégrement. C'est ainsi que bien manger ne nous empêche pas de bien dormir, c'est ainsi qu'une vie sentimentale intense s'accorde parfaitement avec une vue très nette de nos intérêts matériels et que, puisque le Créateur nous a donné deux jambes, c'est pour nous appuyer sur l'une juste le temps nécessaire pour avancer courageusement avec l'autre. En réalité, le meilleur moyen de résoudre les problèmes est de ne pas s'apercevoir de leur existence. Je ne me suis jamais personnellement aperçu qu'il y eût la moindre incompatibilité entre mes obligations professionnelles, entre ce que les manuels de morale appellent les « devoirs d'état », à qui j'ai toujours donné, comme il convient, la première place, et l'exercice de mes facultés littéraires. C'est ainsi qu'au Japon il n'y a pas de général en retraite ou de vieux banquier qui ne soit en état de tracer un « uta » élégant sur la panse d'une poterie, c'est ainsi qu'au XVIe siècle le grand Bacon aurait été très étonné si on lui avait dit qu'il y avait disparate entre ses études philosophiques et son rôle de magistrat. Un grand cuisinier a dit qu'il était né rôtisseur mais qu'il était devenu pâtissier. Je pourrais dire que je suis devenu poète par la grâce ou l'ironie de quelque fée fantasque, mais que je suis né bureaucrate. Mon berceau, comme celui de Baudelaire, ne s'adossait pas à une bibliothèque, mais à un bureau de l'Enregistrement, qui mérite après tout aussi bien qu'elle le nom de « Babel sombre ». Ce que l'odeur de la saumure et du goudron est pour un fils de marin, celle de la paperasse l'a été pour moi et cette occulte fermentation qui se dégage des écritures superposées. Le métier de fonctionnaire public, de correspondant de l'État était donc pour moi une espèce d'indication héréditaire.

En essayant de réfléchir, ce qui m'arrive rarement, sur l'influence que la route publique suivie par moi a exercée à l'égard de cette autre route spirituelle qui lui est curieusement associée, il me semble que je n'ai qu'à essayer de tracer une analyse des doubles devoirs d'un écrivain et d'un diplomate pour montrer qu'il y a des uns aux autres parenté et assistance réciproque. L'attitude et la fonction d'un écrivain en face de la vie peuvent se définir par les trois mots : « Attention, comparaison, expression ». L'écrivain doit être attentif à ce qui se passe autour de lui, à ce procès qui ne cesse de se dérouler sous ses yeux et dont il a été constitué le greffier, et non seulement aux faits et gestes des personnages de premier plan, mais à la disposition générale et modifiée par les vicissitudes atmosphériques du paysage qui constitue le fond du tableau. Ces faits et gestes ne constituent pas une succession d'impressions désordonnées, ils ont entre eux des rapports multiples et étendus qu'il s'agit de voir et de prévoir, ils ont un sens, comme ils comportent une interprétation, ils se rangent dans un ordre suggestif et analogique qui n'est pas toujours celui de la routine et de la théorie, mais un ordre changeant et vivant, relevant de ce que Pascal appelle l'esprit de la finesse. Enfin pour l'écrivain il ne s'agit pas seulement de voir, mais de faire voir, de comprendre, mais de faire comprendre, de trouver le chemin du cœur et de l'intelligence de notre auditeur supposé, de le conduire où nous voulons, en l'habituant, en l'intéressant peu à peu au son de notre voix et au sens de notre discours.

Mais si l'écrivain est pour le diplomate un collaborateur utile, le diplomate est à son tour pour l'écrivain un compagnon de route inestimable. Il le maintient sévèrement loin de la rêvasserie vague et du bavardage conventionnel, dans la ligne des nécessités pratiques, des larges problèmes et des questions urgentes. Il lui donne le contact d'hommes vivants qui pensent dans un langage différent du nôtre, dont les intérêts et les points de vue ne sont pas les mêmes, et avec qui nous sommes absolument obligés de nous accommoder. Nous avons un rôle à tenir, il y a une pièce dont nous avons absolument besoin de comprendre le sens parce que nous y tenons une place indispensable. Et comme il s'agit d'intérêts très vastes, nous sommes à chaque instant obligés pour intervenir dans le particulier de recourir à une forte et lucide appréciation du durable et du général. La diplomatie nous donne à chaque instant des leçons dans le grand Art humain, qui est à la fois celui d'interpréter et celui d'interroger. L'interprétation est ce sens délicat de l'esprit qui nous permet de passer rapidement de l'inconnu à l'évident et du possible au probable en parcourant le vaste clavier des résonances latérales. L'interrogation est le don socratique de poser des questions justes. Nous n'avons pas seulement à connaître la vérité mais à la provoquer. Toute question correctement posée sollicite une réponse. Le savant est un homme qui pose des questions justes. L'artiste est un homme qui lui aussi sait poser à la nature des questions justes. Et le diplomate enfin, comme l'homme d'État, est celui qui sait faire aux événements des propositions correctes.

La diplomatie a pour l'écrivain un autre avantage qui est celui d'introduire dans son existence cet élément inappréciable de l'imprévu qui est le domaine de ce que la foule appelle le hasard, les incroyants le destin et les croyants la Providence. Le diplomate ne sait jamais où il sera demain. La déesse Administration le transporte et le dépose soudainement aux endroits les plus inattendus et les plus divers de la carte géographique. Il s'était endormi au Danemark et c'est dans un paysage de palmiers et de pagodes qu'il se réveille en se frottant les yeux, non pas surpris mais intéressé, et prêt à revêtir lestement cet uniforme qui au fond d'une malle de fer-blanc constitue l'élément le plus durable de son identité. C'est un renouvellement continuel, un appel ingénieux, s'il est souvent cruel, à ses forces d'adaptation. Ce n'est qu'en réfléchissant et en jetant un coup d'œil rétrospectif sur le chemin parcouru qu'il découvre sous le hasard apparent une intention secrète et le sens, à travers bien des lacets capricieux, de ce long pèlerinage qui ne cesse de l'enrichir en le dépouillant.

Qu'il me soit permis de rendre grâces à la Providence administrative qui, pareille à ces fleuves dont parle Pascal, qui vous mènent où l'on veut aller, m'a reconduit aujourd'hui parmi mes amis et mes confrères de Belgique !

Bruxelles, 30 juin 1933.

DEUXIÈME DISCOURS AUX HOMMES DE LETTRES BELGES

Il y a quelques mois, à New-York, j'assistais à la représentation d'une pièce qui a eu un immense succès et que je considère comme une espèce de chef-d'œuvre. Cela s'appelle *Green Pastures*. Ce sont les grands thèmes de l'Ancien Testament dramatisés et interprétés par de pauvres nègres. On y voit le Paradis sous la forme d'une fête champêtre, Dieu le Père sous celle d'un pasteur méthodiste revêtu d'une ample redingote, il a un bureau à tiroirs où il range ses papiers, il est servi par des anges qui ont mis des enveloppes de lustrine à leurs ailes pour ne pas les salir, etc...

Il paraît qu'un certain nombre de bonnes âmes ont été choquées par ces innocentes transcriptions. Je me hâte de dire qu'il n'en a pas été ainsi du Cardinal Archevêque de New-York qui a placé *Green Pastures* sur la liste des pièces qu'il recommande chaque mois. Quant à moi, si je vous en parle, c'est pour en tirer le thème des remarques que je veux vous adresser aujourd'hui. Elles ont pour objet de vous montrer, non seulement combien je suis sensible à l'accueil si cordial que vous faites parmi vous à un confrère lointain, mais aussi combien je suis préparé par toute ma carrière artistique à y répondre. Je suis né, comme vous le savez, sur la frontière de la Belgique, et il n'y a pas de pays, par l'attention naïve, ingénieuse et patiente qu'il porte aussi bien aux réalités quotidiennes qu'à celles de l'âme et de l'esprit, qui réponde mieux à mes goûts et à la conception que je me fais du domaine et des conditions de l'art.

Aux critiques en effet qui s'étonnaient de mon enthousiasme devant la pièce biblique à laquelle je viens de faire allusion, je répondais ceci : L'artiste, aussi bien le littérateur que le peintre, ne puise ses moyens d'expression que dans la réalité. Si, sous prétexte de vulgarité et de bassesse, vous lui interdisez l'utilisation dans toute son étendue de cette vie quotidienne qui s'agite autour de lui, si vous l'obligez à traduire ses impressions dans un langage conventionnel et sous des formes compassées, vous l'appauvrissez, vous l'attristez, vous lui ôtez ce plaisir qu'ont les êtres naïfs à barboter en pleine matière sans faire aucune attention à nos beaux habits et à ceux du voisin. Et non seulement vous le désolez en le réduisant à la rédaction de froids pensums, mais encore vous portez un dommage grave aux réalités mystiques ou spirituelles dont vous prétendez sauvegarder l'honneur. Ces réalités, nous n'avons pas d'autre moyen de les rendre sensibles et intéressantes au lecteur ou au spectateur que par des images empruntées à la vie courante. Si donc, comme le faisait notre vieil art classique, vous appauvrissez notre vocabulaire, si vous voulez priver l'écrivain du droit de regarder de tous ses yeux, de tout son cœur et de toutes ses oreilles, ce spectacle qui s'offre à lui dès qu'il a passé le seuil de sa porte, vous réduisez vos possibilités de présentation à un groupement de figures artificielles et décolorées, vous les limitez à quelques accords toujours les mêmes et à quelques gestes conventionnels. Si par exemple l'auteur de *Green Pastures* avait représenté le Père Éternel sous ses attributs classiques, il se serait interdit de montrer Sa providence à l'œuvre, s'occupant des plus petits détails, s'inquiétant de ses plus humbles enfants, se mêlant au vacarme d'un orphéon et à l'odeur de friture d'une kermesse, comme l'a fait l'auteur new-yorkais. En un mot, il nous aurait donné peut-être une image, combien insuffisante ! de sa Majesté, mais non pas de sa bonté, qui est cependant un trait plus important.

C'est contre cette division de la réalité en un domaine noble, qui, nous dit-on, serait celui du grand art, et un domaine populaire et malpropre où pataugerait le commun, que les peintres, les sculpteurs, les écrivains et les musiciens de ces terres de Bourgogne, de Wallonie et de Flandre n'ont cessé de protester avec une éloquence irrésistible et avec un admirable succès. Il suffit en effet d'ouvrir les yeux, de visiter les musées, de se promener dans un de vos quartiers populaires, pour comprendre que, en Belgique, le corps et l'âme sont des réalités fortement unies, fortement étreintes, fortement comprises, fortement traduites, que Breughel y répond à Memling et Jordaens à Van Dyck, que la rude Wallonie a produit des musiciens sublimes comme Lassus, comme Grétry et comme César Franck, et qu'à cette table plantureuse qu'est votre beau pays, tout couvert des productions les plus magnifiques de la nature et de l'industrie, ne cesse pas de présider l'Esprit de la Pentecôte.

Je voudrais maintenant indiquer comment tous ces détails vivants et savoureux, que saisissait un Teniers et devant lesquels le roi Louis XIV détournait majestueusement sa tête emperruquée, jouent un rôle dans l'œuvre d'art du caractère le plus général et le plus ambitieux. Pendant deux siècles nous avons été en France beaucoup trop impressionnés par l'idée de la

« convenance ». Tout ensemble devait être composé de parties ayant entre elles un certain rapport facilement intelligible et se prêtant un concours réciproque. Cette idée a réalisé son chef-d'œuvre dans notre tragédie classique et dans les décorations de Monsieur Ingres. C'est elle contre laquelle l'art du Nord n'a jamais cessé de s'insurger. Il a toujours maintenu les droits de la fantaisie, du caprice, de l'incongru, du coup de tête et du coup de génie. Je vous ferai comprendre ma pensée en vous parlant d'une observation que j'ai faite lors d'un récent voyage que j'ai accompli en Hollande. Je visitais ce beau Musée d'Amsterdam et je contemplais un tableau dont je serais bien embarrassé de vous dire l'auteur. Il s'agissait d'un petit paysage dans les tonalités fauves d'un Van Goyen, traitées un peu en camaïeu. Tout y était juste, délicat, transparent, mais qu'est-ce donc qui illuminait ce petit cadre, ce détail qui de l'autre bout d'une vaste salle m'avait attiré vers lui ? C'est qu'au milieu de toutes ces valeurs amorties, le peintre avait placé au point juste deux touches presque imperceptibles, un grain de sel et un grain de poivre, une ligne de rouge vif et un atome de bleu. Eh bien ! dans l'œuvre d'art, ce qui donne la vie, la lumière, la gaieté, c'est souvent un détail incongru et parfaitement injustifiable, qui joue un peu le rôle de catalyseur dans une opération chimique. Les exemples en foisonneraient dans votre mémoire, mais il suffit de vous référer aux œuvres du grand Will, ou à ces scènes populaires qui forment le fond de tant de vos beaux retables. Ainsi dans la « Descente de Croix » d'Anvers la joyeuse paysanne sous son grand chapeau d'été que Rubens a juxtaposée au drame héroïque et divin. Les grands artistes au lieu de se restreindre aiment à élargir leur clavier. Ils aiment à se ménager de tous côtés des effets de contraste, ils obligent l'esprit de leurs clients à travailler, ils lui préparent à franchir des espaces calculés, ils savent que rien ne rafraîchit comme la surprise, ils agissent comme les verriers de nos cathédrales qui au milieu de la symphonie opulente de leurs rouges et de leurs bleus placent un ton jaune du citron le plus acide. Et c'est pourquoi entre parenthèses il me sera permis de déplorer cette mode qui est aujourd'hui, sous prétexte de convenance et de propreté, de dégager les vieux monuments, de les isoler de nous, de les dépouiller de tout le caractère poétique et légendaire que leur conféraient les humbles constructions qui venaient s'y appuyer. Isolés, nettoyés maintenant, brutalement éclairés la nuit comme des vedettes de music-hall, par des jets de lumière électrique, ils ne sont plus bons qu'à alimenter la curiosité ahurie des touristes. Les artistes regardent ailleurs.

Un nom me vient à l'esprit à propos de cet idéoréalisme qui est la gloire de l'art du Nord, celui d'un grand artiste que j'ignorais jusqu'à présent et dont j'ai récemment admiré les œuvres au Musée de Gand, celui du dessinateur et graveur De Bruycker. Il ne s'est pas servi pour dessiner ses cathédrales du tire-ligne d'un architecte, il les a rendues en quelque sorte humaines et vivantes en les faisant sortir, toutes colorées du rayon solennel de l'éternité, du milieu des foules en tumulte, comme d'imposantes falaises qui se dressent sous l'assaut des vagues.

Et enfin, Messieurs et chers Confrères, il est une troisième caractéristique de votre territoire artistique qui m'est spécialement chère. C'est que la peinture des pauvres hommes y est sincère, elle est parfois rude, elle est parfois violente, mais elle n'est jamais cruelle. On n'y sent jamais cette ironie, cette moquerie empoisonnée, cette joie maligne, ou, comme disent les Allemands, cette *Schadenfreude*, cette complaisance dans la représentation du mal, et cette triste ostentation de ses succès, qui me gâte tant de beaux livres. J'en vois la raison précisément dans le fait que votre art, ne s'étant jamais détourné des humbles, parce qu'il ne s'est jamais détourné de la vérité, ne s'est jamais non plus détourné de la charité. Comme il garde l'honnêteté dans le regard, il garde aussi dans le pinceau la sympathie et la bonne humeur. Après tout, les combats des pauvres gens sont aussi intéressants à regarder que les litiges des oisifs et des pervers, ils bataillent dans l'ombre pour des réalités poignantes, et ils ont pour présider à leurs aventures deux Muses plus imposantes que celles qui planent au-dessus des mêlées de l'*Iliade*. L'une s'appelle la Nécessité et l'autre, la Providence.

Bruxelles, 2 décembre 1933.

HOMMAGE A ANVERS

Je suis infiniment touché de l'accueil gracieux qu'Anvers vient de faire au nouveau représentant de la France en Belgique. J'ai passé une matinée infiniment intéressante à parcourir votre magnifique port et les installations qui s'y rattachent et j'ai constaté avec admiration les progrès réalisés depuis le moment de ma dernière visite, il y a une dizaine d'années. La crise économique qui afflige le monde entier ne durera pas toujours, on m'affirme que déjà certains signes favorables se font sentir. Quand la marée de prospérité montera et viendra soulager et soulever la fabrique aujourd'hui échouée au plus profond de la dépression du commerce mondial, je sais qu'Anvers développée et rajeunie sera prête à l'accueillir, à remplir dans toute son étendue son rôle continental, maritime et fluviatile, de port et d'atelier de transformation.

Vous permettrez qu'aujourd'hui je laisse de côté les vastes considérations économiques et politiques. Les correspondances de Londres suffisent en ce moment à vous approvisionner. C'est en ami, c'est en familier que je viens m'accouder aujourd'hui une fois de plus à votre table hospitalière et renouveler connaissance avec toutes les bonnes choses dont vos grands peintres de jadis, les Snyders et les Jean Fyt, ont dressé triomphalement les aimables trophées. Après mes longs séjours dans les pays tropicaux sous des soleils dangereux, c'était autrefois une joie pour moi de retrouver cette terre fraîche et bénie de Flandre où la nature rivalise de fécondité avec les régions les plus fructueuses de l'univers, où la terre et l'eau au lieu de s'empoisonner réciproquement se sont juré un pacte affectueux, où des miasmes délétères ne sont pas la rançon d'un hymen trop ardent et où la richesse a toujours le caractère non pas d'un don capricieux et gratuit mais d'une récompense méritée par le travail, amplifiée par l'intelligence, glorifiée par l'art et reconnue par la piété, par cette forme noble, libérale et humaine de la religion qui a toujours été la tradition de votre grande Cité. J'estime en effet que les écrivains divers qui ont parlé de ces belles œuvres par qui s'exprime l'art de votre pays ont beaucoup trop insisté sur le côté matériel et, comme on dit, d'ailleurs très improprement, païen, de la peinture flamande. Certainement on voit dans l'œuvre de vos grands artistes éclater une joie généreuse et naïve de toutes les belles et bonnes choses qu'une terre prodigue mettait sous leurs yeux et entre leurs bras. Mais à ce festin que la Flandre, grâce à leur pinceau, offre pour tous les siècles à l'humanité, les cinq sens n'ont pas été seuls conviés et les plus hautes, les plus nobles facultés de l'âme y gardent la place d'honneur; le mysticisme d'un Quentin Metsys se rattache par des liens moins arbitraires qu'on ne serait tenté de le croire aux compositions opulentes d'un Rubens, d'un Van Dyck et même d'un Jordaens. Jamais la création, jamais l'univers qui à la bouche de trois grands fleuves s'ouvrait sous la proue de vos bâtiments libérés, jamais la chair et le sang qui forment la matière même de notre race occidentale, illuminés à leur cime par cet or que vos femmes et vos moissons empruntent au soleil couchant, avivés dans leur substance par ce sel ardent qui est non seulement celui de la mer mais celui de l'esprit, n'ont reçu ce que je ne puis appeler autrement qu'une exaltation et presque une consécration plus triomphale. Au terme de mes longs séjours parmi les populations recuites et boucanées de latitudes inclémentes, j'aimais à aller me rafraîchir, me débarbouiller les yeux au milieu des Rubens de votre musée. Il y a surtout un tableau que l'on appelle, je crois, *le Christ à la Paille*, et dont je n'ai jamais cessé de me souvenir avec amour et prédilection. On a la sensation devant cette toile merveilleuse que la chair est vraiment l'épanouissement du sang et le sang le véhicule de l'âme. Qu'il s'agisse du corps d'un enfant ou du sein d'une jeune femme ou de ces gouttes sacrées qui ruissellent du front d'un Dieu, on sent que le grand Anversois, pour en configurer les habitants lumineux de son jardin de délices, a emprunté à toute la nature ambiante, à ce souffle d'azur, de miel et de lait qui par ces belles journées de juin passe sur vos campagnes épanouies, ce que la sève créatrice, ce que le rayon divin ont de plus efficace et de plus suave. Je connais un certain nombre de peintures dont on peut dire qu'elles vivent, mais je ne sais si on pourrait dire d'autres œuvres que celles de votre Rubens qu'elles « respirent ».

Rubens, a dit un grand poète que vous aimez comme moi, *Rubens, fleuve d'oubli, jardin de la paresse !* Le vers est beau, mais je n'ai jamais pu le trouver exact. Non, ce n'est pas un conseil de paresse et d'engourdissement que nous recevons du grand homme en qui se reconnaît le mieux l'âme de votre Patrie. Non, les superbes créatures qu'il a déléguées vers nous ne nous donnent pas envie de dormir. Ce n'est pas l'oubli que nous goûtons en leur paisible société, c'est un sentiment de puissance et de plénitude. Ce ne sont pas les odalisques assoupies d'un jardin oriental, ce sont les fleurs de la corbeille de Charles-Quint que chaque saison de votre histoire ranime d'un nouvel éclat. Comme jadis elles allaient à la rencontre des galions qui vous apportaient les richesses d'un nouveau monde, elles saluent, ces présences immortelles, les mains chargées de trésors, ces capitaines et ces administrateurs qui, sous l'impulsion d'un grand souverain, vous ont créé au centre de l'Afrique un nouvel empire.

Laissez-moi vous dire à mon tour quel sentiment d'être « arrivé » enfin, d'être vraiment revenu au climat natal, anime le cœur d'un antique errant quand il reçoit l'hospitalité dans votre ville à la fois de tant d'immortels et de tant d'aimables vivants. Avant même de m'asseoir parmi vous, je savais combien de sympathies intelligentes a rencontrées l'œuvre d'un poète, l'œuvre d'un homme avec qui l'Ambassadeur de France n'est pas sans entretenir quelques relations espacées, je veux dire M. Paul Claudel, dans cette Flandre active et recueillie, aussi attentive qu'aux mouvements des affaires aux souffles nouveaux de la spiritualité. Je sais que votre magnifique société chorale, la Caecilia, dirigée par ce grand artiste qu'est M. De Voght, a donné ici une exécution inoubliable d'une œuvre antique traduite par moi. Je sais que plusieurs de mes pièces admirablement traduites et interprétées figurent au répertoire du Théâtre flamand. A tous ces vaillants artistes et au public qui les a soutenus de ses encouragements, permettez-moi d'exprimer ici, dès mon premier contact avec votre Métropole, tous les remerciements d'un artiste qui survit parfois à son fantôme officiel.

Et je serais bien ingrat si dans l'expression de ma reconnaissance je ne donnais pas la première place à votre Bourgmestre, M. Camille Huysmans, qui est bien digne de présider aux destinées de cette grande place où continue à se traiter l'échange et à s'établir le cours non seulement des valeurs matérielles, mais des valeurs morales et intellectuelles du monde entier. Je salue également avec respect votre Gouverneur, M. le Baron Holvoet, qui a bien voulu honorer cette réunion amicale de sa présence.

Quel Français, d'ailleurs, quel Européen, quel homme cultivé pourrait jamais se croire un étranger à Anvers ? Les vieux chanteurs de romances ont jadis dépeint les sentiments du voyageur qui après bien des pérégrinations revoit le clocher de son village natal. La France elle aussi a pour moi bien des clochers, bien des flèches émouvantes et illustres : celles de Chartres au-dessus de la Beauce, celle de Strasbourg au-dessus de ce Rhin qui à Anvers mélange un peu de ses eaux à celles de la Meuse et de l'Escaut, la Tour de Paris et, dans sa robe en lambeaux, le sourire de Reims la martyrisée; permettez-moi d'y ajouter aujourd'hui cette haute lance d'Anvers que vos navigateurs portés par la marée ne voient jamais apparaître sans émotion au milieu d'un ciel toujours chargé des promesses d'une éternelle fécondité. Entre tous les temples de l'humanité, il n'y en a pas qui porte plus haut sa pointe et qui soit plus digne d'offrir sa hampe aux glorieuses couleurs de la Belgique !

Anvers, le 20 juin 1933.

HOMMAGE A LIÉGE

Ce n'est pas aujourd'hui seulement que j'ai fait connaissance avec votre belle et glorieuse cité. Quelques-uns d'entre vous se rappellent peut-être qu'à la demande gracieuse d'un de vos cercles littéraires, j'y suis venu faire une conférence. Auparavant déjà, avec mon vieil ami Francqui — c'était en 1905 si je ne me trompe — j'avais eu l'occasion de visiter l'Exposition Universelle qui se tenait à ce moment sur les bords de la Meuse. Et, dans l'intervalle, que de fois, dans les lueurs incertaines d'une aurore enfumée, à travers le fracas des trains qui m'emportaient vers l'Allemagne et les Pays Scandinaves ou qui me ramenaient de l'Extrême-Orient, le nom de Liége a-t-il retenti à mes oreilles de voyageur assoupi, associé à une offre de « pistolets » qui, en faisant appel à mon estomac, n'était pas sans me rappeler les spécialités martiales de votre industrie.

Aujourd'hui une fois de plus je revois votre ville, à cet âge de la vie où l'on cherche moins à se procurer des sensations et des connaissances nouvelles qu'à coordonner les anciennes, moins à sentir qu'à savoir et moins à apprendre qu'à comprendre. Je résumerai toutes mes impressions en disant que Liége est une ville *nécessaire.* Il y a des villes qui semblent le produit d'un hasard heureux, d'une rencontre consolidée par une habitude. Comme on dit dans une langue dont ma bouche a quelque peine à perdre l'accoutumance : *They just happened.* Mais Liége, au point essentiel et à la croisée de deux grandes routes internationales, l'une terrestre et l'autre fluviatile, toute proche de la mer à qui de magnifiques travaux vont lui donner un accès facile, au centre d'un bassin de vastes forêts, de riche agriculture et d'inépuisables ressources minières, est certainement un de ces points favorisés qui étaient faits pour être inscrits en grosses capitales dans les archives de l'Histoire et sur les plans de la Géographie.

A cette nécessité économique et concrète est venu s'adapter un des cas les plus nets de la convenance humaine et psychologique qui puissent faire la joie d'un observateur des sociétés. On sait que notre vieille race celtique couvrait jadis la plus grande partie de l'Europe. Jusqu'en Bavière, jusqu'en Bohême et, je crois, jusqu'en Ukraine, on retrouve des vocables gaulois, par exemple le nom indéfiniment varié que porte une des rivières les plus glorieuses de la Belgique, l'Yser. D'autres races postérieurement ont refoulé jusqu'à cette extrémité incompressible de l'Europe les antiques possesseurs. Mais Liége est une de ces positions stratégiques à laquelle la race s'est toujours accrochée avec une ténacité invincible, affirmant en face de l'envahissement et de l'encerclement extérieur ses qualités propres avec une intensité et une conscience accrues, et enlevant aux mains de ses rivaux les instruments mêmes avec lesquels ils tentaient de la subjuguer. Depuis les temps les plus anciens jusqu'à nos jours, réellement ou figurativement, le bruit des armes, la fumée des combats, n'ont jamais cessé de s'élever de la profonde vallée de Liége. C'est ici que se forge et que s'enracine la défense de l'Extrême-Occident, soit sous sa forme antique, l'épée et la cuirasse, soit sous sa forme moderne, le fusil et la plaque de blindage.

Si Liége tient tellement à rester armée, c'est qu'elle sait qu'elle a la garde, la représentation, si je peux dire, au-devant de la différence, de valeurs inestimables dont elle entretient au fond de son cœur le sentiment tendre, délicat et profond. Quand on parle de notre vieille Gaule, on a une tendance à insister sur ses qualités purement abstraites et intellectuelles, comme si nous constituions une race faite purement de mathématiciens, de philosophes et de logiciens. On n'entend pas la protestation de cette vaste forêt qui va de Brocéliande à l'Ardenne et qui a toujours été un des territoires favorisés du rêve et de l'invention poétique et musicale. C'est de là que sont sorties les Chansons de geste, les paysages enchantés de la tapisserie, les romans d'Alexandre Dumas, les poèmes de Verlaine et de Rimbaud qui ont ouvert des avenues immenses à travers les dures constructions parnassiennes, et, pour ne parler que de la région liégeoise, la musique de César Franck, de Grétry, de Lekeu et de Vieuxtemps. Liége a donné la musique à l'heureuse Belgique, comme Anvers et Gand lui ont donné la peinture, et le son clair et touchant de son violon domine encore aujourd'hui le fracas de ses opérations métallurgiques. Aux lauriers de la guerre et de l'industrie sur son front enfumé, Liége entrelace les pervenches de la rêverie celtique. C'est ici que la pacifique monture de saint Nicolas en tournée au travers de la Lotharingie a rencontré le destrier des Quatre Fils Aymon et le palefroi de Charlemagne en route vers Aix-la-Chapelle. Cette Meuse qui lui sert à tremper les armes de la paix et de la civilisation, c'est celle qui guida jadis la course de Rimbaud à travers ce « grand mouvement des sapinaies », dont moi-même à ce moment je recevais le souffle sévère et aromatique par-dessus les clôtures du Lycée de Barle-Duc, ce sont les eaux sacrées sur lesquelles s'est penchée la bergère de Domrémy et où se sont reflétées les figures inspiratrices de saint Michel et de sainte Marguerite. Ce sont elles qui, dans leur course rapide et déterminée, comme quelqu'un qui sait où il va, ont donné à l'héroïque pastoure cette foi dans les valeurs invisibles, ce conseil d'allégresse dans le courage et dans l'aventure, qu'un cœur vraiment belge ou français ne cessera jamais d'entendre : Fille de Dieu, va ! va ! va !

Cette union, j'allais dire du rêve et de l'action, — mais « rêve » est une expression que je n'aime pas, et je préfère dire les forces idéales et spirituelles, qui après tout sont la meilleure part de la réalité humaine — cette union de l'idée et de l'action, quand s'est-elle affirmée d'une manière plus glorieuse et plus héroïque que dans les événements dont votre cité a été le théâtre il y a dix-neuf ans et qui ont rendu son nom à jamais illustre entre toutes les cités de l'Europe ? J'étais à ce moment au Danemark, à Copenhague, je venais d'être expulsé avec ma famille, de mon consulat de Hambourg, et j'attendais en compagnie de notre Ambassadeur, M. Jules Cambon, des possibilités incertaines d'embarquement. Sur les panneaux des journaux, le cœur plein d'angoisse, je déchiffrais péniblement, autant que ma médiocre connaissance des langues scandinaves me le permettait, le récit des premiers événements de la guerre. Je voyais le premier impact de l'invasion germanique venant se briser sur les défenses de Liége, puis l'infiltration se produisant à travers des obstacles trop espacés, mais les forts résistant toujours au haut de leurs montagnes, pareils, au milieu de la coulée formidable qui se déversait vers la Belgique et la France, à ces statures inébranlables dont Eschyle dans sa tragédie des *Sept contre Thèbes* a dressé les effigies colossales. Et enfin ces derniers remparts de la liberté et du droit s'écroulant sous les obus monstrueux et le glorieux Leman enseveli sous les ruines du fort de Loncin.

Il est donc juste et naturel qu'après avoir été déposer, suivant l'usage, sa couronne au Soldat Inconnu qui dort à Bruxelles à l'ombre de la colonne de l'Indépendance, le représentant de la France aille porter son hommage à la Ville qui la première a donné au monde en 1914 l'exemple de la résistance et dont le sacrifice a été le premier défi jeté à l'injustice et le premier gage donné à la victoire. Depuis cette date la France s'est trouvée plusieurs fois à des moments graves où elle avait non seulement à faire état de ses forces intérieures, mais au delà de ses frontières à passer la revue de ses amitiés et, si vous me permettez une expression de caractère à la fois mystique et commercial, de ses « correspondances ». Elle sait qu'en ce lieu où la Meuse s'apprête à quitter le sol celtique en face de la trouée de l'Eiffel, se trouve une cité vigilante et armée qui, comme notre capitale même s'enorgueillit de voir joint à son blason l'insigne de la Légion d'Honneur. Et elle a chargé son représentant de vous dire une fois de plus, de dire une fois de plus à la Cité Ardente, à cette communauté d'hommes libres, à la grande et forte ville de Liége, que la France vit, qu'elle sait, qu'elle se souvient et, comme le porte l'exergue d'une de nos médailles : *Gallia haud immemor.*

Liége, le 31 mai 1933.

LE SAUVETAGE D'UN CONTINENT

Ce continent est celui qui s'étend sur une largeur de 3.000 milles entre les deux Océans, du Canada au Golfe du Mexique. C'est celui que partagent en 48 morceaux les États-Unis de l'Amérique du Nord et qui, s'il faut en croire l'auteur d'un livre récent que je viens de lire (Stuart Chase : *Rich land, poor land*) était en train de se désagréger à tous les vents et de se délayer à tous les flots, jusqu'à ce qu'un grand capitaine, le Président Roosevelt, ait pris la direction des opérations de sauvetage.

L'extraordinaire prospérité des États-Unis au cours du siècle qui vient de s'achever provient, nous dit l'auteur, de ce que le pays pendant cette période a vécu avec l'insouciance et le gaspillage d'un prodigue qui vit sur son capital. Les forêts d'arbres superbes qui couvraient tout le Nord et les versants des deux Océans ont été non pas exploités mais saccagés avec une véritable sauvagerie, sans aucune préoccupation d'économie ou d'aménagement. Ce que la main de l'homme avait épargné, l'incendie s'y est donné carrière. Il en est de même de la terre arable et de ces profondes réserves d'humus sur les deux rives du Mississipi que la nature avait accumulées pendant des millénaires. Non seulement une monoculture intense a sévi, enlevant en quelques années au sol des ressources qu'on ne se préoccupait jamais de lui restituer, mais la charrue a attaqué impitoyablement des régions couvertes d'une très mince couche exploitable que la « prairie » avait jusqu'à ce jour préservée : sur cette terre excoriée, livrée aux caprices et aux rigueurs d'un climat continental, toutes les formes de l'érosion par l'eau ou par le vent se sont donné carrière. Chaque année la pluie entraîne aux fleuves des millions de tonnes de bonne terre qui ensablent les estuaires et provoquent de désastreuses inondations. Puis le vent s'en est mêlé et les journaux au cours de ces deux dernières années ont été remplis de ce phénomène relativement nouveau appelé « dust storms » qui racle les sillons et transforme l'atmosphère en tourbillons aveuglants et irrespirables de matière tellurique. Des États entiers parmi les plus féconds de ce qu'on appelait autrefois la *corbeille à pain* ont été ainsi ravagés. On demandait à un paysan du Nebraska ce qu'il regardait dans le ciel. « Ce sont les fermes du Kansas, répondit-il, que je vois passer interminablement depuis ce matin. » La même gabegie criminelle a présidé à l'exploitation des autres res ources naturelles et animales, des castors, des troupeaux de bisons, des vols de canards et de pigeons sauvages radicalement exterminés, des pêcheries empoisonnées par les égouts, par les usines et par le mazout, des réservoirs de gaz naturel et de pétrole livrés sans aucun contrôle aux pirateries du premier occupant. On trouverait d'ailleurs les mêmes *méthodes* dans l'exploitation des capitaux numéraires ou humains et de l'épargne. Mr. Stuart Chase dresse l'acte d'accusation de ce *rugged individualism* si vanté par le Président Hoover. Il est écrasant.

Je me rappelle à ce sujet l'entretien que j'eus autrefois avec le Président de la Chambre de Commerce de

Kansas-City, un Allemand extrêmement intelligent. Il se moquait des immenses exploitations agricoles et industrielles mises à la mode par Mr. Campbell et que les Russes ont copiées dans leurs *Kolkhoses.* Elles ont toutes abouti à des désastres, laissant derrière elles une terre détruite. « Le Kansas, en quelques années, me disait mon interlocuteur, a perdu ainsi 50 p. 100 de son capital arable. Il n'y a d'agriculture que celle qui est pratiquée depuis des siècles en Europe par de petites exploitations de 200 hectares au maximum où l'on emploie la rotation et les engrais animaux et qui rend chaque année à la terre ce que la moisson lui a enlevé. »

Déjà le prédécesseur et l'homonyme du Président actuel Théodore Roosevelt s'était préoccupé de ces questions de conservation. C'est à lui qu'on doit les premiers achats par l'État de forêts et de terres dites « submarginales » et le développement des parcs nationaux. C'est lui également qui créa le service forestier américain, à la tête duquel il plaça un descendant de Français, Gifford Pinchot, élève de notre admirable école de Nancy, dont il porta l'enseignement outre-Atlantique. Mais l'œuvre abandonnée par les successeurs de ce grand homme devait être reprise sur une bien plus large échelle et les catastrophes naturelles, érosion et inondation, qui se succédaient de plus en plus graves en imposaient l'urgence. Il était réservé à Franklin Roosevelt, gentilhomme terrien comme Washington et Jefferson, de comprendre l'effroyable imminence du danger et d'entreprendre avec une énergie et une largeur de vues admirables la campagne de salut.

Il se rendit compte tout d'abord qu'on ne pouvait en laisser le soin ni aux particuliers, dépourvus d'autorité et de moyens, ni aux États, dont le fléau dépassait l'envergure territoriale. Seul l'État fédéral avait les ressources et les pouvoirs nécessaires. Sous l'impulsion du Président, les achats de forêts et de terres à demi désertiques dites submarginales se développèrent. L'agriculture, qui à la fin du régime Hoover se trouvait dans une situation désespérée, bénéficia de mesures intelligentes de protection qui fixèrent la population au sol et empêchèrent l'émigration vers les villes. En revanche, elle dut accepter d'autres mesures tendant, comme la restriction de certaines productions et l'aménagement de certaines régions, à la conservation du sol. Pour l'œuvre de sauvetage une véritable armée de 300.000 jeunes gens, recrutés parmi les 10 millions de chômeurs et payés 1 dollar par jour, fut créée : c'est ce qu'on appelle le CCC, le « Civilian Conservation Corps ». Mr. Stuart Chase donne un aperçu de l'œuvre formidable qui a été accomplie par ces troupes enthousiastes. Enfin, dans la vallée du Tennessee, une des principales sources d'inondation du Mississipi, la T. V. A. (Tennessee Valley Authority) entreprit une œuvre gigantesque, réservoirs, reboisements, reconstitution du sol, destinée à servir de modèle à d'autres entreprises. Celle-ci, âprement critiquée par la coalition des intérêts particuliers, a fini cependant par l'emporter. Elle a été couronnée d'un plein succès. Et incidemment elle a servi d'expérience pour se rendre compte du prix très bas et presque nominal auquel l'électricité, source de la vie moderne, pouvait être servie aux usagers. « Inondez un pays d'électricité, a dit un des conseillers du Président, et l'industrie se développera toute seule. » C'est la théorie de Ford qui prétend que ce sont les automobiles qui créent la route et non pas l'inverse.

Pour l'accomplissement de sa tâche, le Président eut naturellement à lutter contre d'énormes difficultés. J'ai fait allusion aux intérêts particuliers. Il y eut aussi l'ignorance, le pédantisme, et surtout l'épouvantable complication de l'organisation administrative et constitutionnelle de l'Amérique. Le Tribunal Suprême par une série d'arrêts, dont les dispositifs sont empruntés à l'époque des crinolines et des diligences, frappa de nullité quelques-unes des initiatives les plus heureuses prises par Washington. C'est ainsi qu'a été arrêté dans son exécution le magnifique plan de sauvetage qui, pour arrêter les tempêtes de sable, consistait à tendre du Nord au Sud du Continent, à travers dix États, une série de bandes forestières continues.

C'est avec un sentiment d'exaltation et de véritable enthousiasme que l'on suit dans le livre de Stuart Chase le développement de cette grandiose entreprise de sauvetage, sauvetage de terre et sauvetage d'humanité. A cette masse de chômeurs et de découragés, le Président a donné un but, un immense pays autour d'eux à aménager comme un jardin, le Paradis terrestre à restituer dans la liberté, l'égalité et la fraternité. Et nous, en France, n'avons-nous pas de chômeurs ? N'avons-nous pas une jeunesse désespérée ? N'avons-nous pas un pays à refaire ? Il suffit d'une promenade dans nos régions dépeuplées des Alpes et du Midi, pour nous rendre compte de l'œuvre qui n'attend pour être réalisée qu'un plan, qu'une volonté et qu'un homme. C'est l'homme qui est le plus difficile à trouver.

Novembre 1937.

LA PAPOUASIE

Le Révérend Père Dupeyrat m'a fait le très grand honneur de m'offrir la présidence de cette réunion et me demande de l'ouvrir par une allocution. Mon seul titre à cette distinction est la rencontre, sur un bateau qui m'amenait en Extrême-Orient, d'un groupe de ces apôtres sublimes dont vous allez entendre les noms et graver dans votre mémoire les exploits inouïs, Bourjade, Marie-Thérèse Noblet et, à leur tête, cet évêque au cœur de lion, digne des temps les plus éblouissants de l'Église, et dont je ne prononce le nom qu'avec un sentiment de vénération presque craintive, Mgr Alain de Boismenu. Le Père Dupeyrat a consacré à cette geste extraordinaire qu'est l'évangélisation de la Papouasie un gros livre qu'on lit, je ne dirai pas comme un roman, car il y a des gens pour qui la lecture d'un roman constitue le plus pénible des pensums, mais comme un poème épique qui tantôt vous met les larmes aux yeux et tantôt au cœur un frémissement français et chrétien. La conquête chrétienne de la Papouasie possède pour moi cet attrait qu'au point de vue humain, c'est l'entreprise la plus folle, la plus ingrate, la plus injustifiable, j'allais dire, pour un homme sensé, la plus scandaleuse, que l'on puisse imaginer. Quand saint François-Xavier partait à la rencontre de l'Inde et de la Chine, quand Jogues et Brébeuf s'embarquaient pour l'Amérique, il s'agissait de peuples sans nombre à amener au Christ, de régions immenses où les missionnaires ouvraient le chemin des commerçants et des colons. On taillait pour ainsi dire en plein drap. Le champ était si large que quelques-uns des grains répandus avaient chance de trouver un coin pour germer. Ici il s'agit d'une des régions les plus pauvres et les plus malsaines du globe, défendue à la fois par ses marécages, par une sylve inextricable et par le système de montagnes sur elles-mêmes repliées et recousues qui ait jamais été le mieux fait, semble-t-il, pour préparer au démon une retraite inexpugnable. Dans cette fosse épouvantable en proie à toutes les horreurs physiques et morales, vivent quelques peuplades réduites par la misère et l'ignorance au degré le plus bas de l'humanité, des êtres dont le masque farouche révèle toutes les tares non seulement de la sauvagerie mais de la dégradation. Ces peuplades, dont aucune ne parle la même langue, se font une guerre perpétuelle, depuis des temps immémoriaux, elles se tuent et se dévorent réciproquement, à la manière des insectes les plus féroces. Au surplus le pays au point de vue économique ne présente pas d'intérêt, ses richesses, si elles existent, sont inexploitables.

C'est ce pays cependant auquel songe le Vicaire de Jésus-Christ. Le grand pontife Léon XIII appesantit son regard sur cette tache noire que fait la Papouasie sur cette carte catholique dont il porte incessamment l'image devant les yeux. Comme saint Pierre jadis aux pieds de son maître, il s'agenouille et demande : Qui enverrai-je ? La réponse n'est pas longue à venir. Des Français ! Quand il y a une entreprise inouïe, sans profit, totalement impossible, totalement invraisemblable, quelque chose de pur et qui soit entièrement et exclusivement pour la gloire de Dieu, il n'y a que ces médiocres, ces bourgeois, ces avaricieux, ces décadents, qu'un tas de mauvais romans l'un sur l'autre ne se lassent pas de nous décrire et qu'on appelle des Français ! Dans un des pays les plus ingrats de notre vieille Gaule que l'on puisse trouver, une congrégation vient de naître qui n'avait pas encore fait ses preuves : celle du Sacré-Cœur d'Issoudun. C'est à elle que s'adresse le grand pontife. *Allez !* dit-il. Et ces paladins qui connaissent cependant toute la difficulté de la tâche qui leur est offerte n'ont pas un moment d'hésitation. *Ils vont !*

Vous allez entendre le P. Dupeyrat. Vous lirez dans son livre le récit presque incroyable des difficultés embrassées et surmontées. J'ai feuilleté autrefois le journal de ce héros, de cet enfant, Michel Vieuchange, qui partit un jour à la recherche en plein Sahara de ce tas de pierres dont il ne restait plus qu'un nom sur la carte, Smara. Ici, il ne s'agit pas de pierres mortes mais d'âmes encore vivantes et palpitantes au fond de mortelles ténèbres. Il ne s'agit pas d'une pointe, du coup de tête d'un enthousiaste isolé. Il s'agit d'une entreprise méthodique de colonisation spirituelle poursuivie depuis 56 ans par des hommes et par des femmes à qui ceci est arrivé qu'ils n'ont plus d'autre motif d'action que l'amour de Dieu. Qu'importe la maladie ? Qu'importe la fatigue ? Qu'importent l'échec, la faim, le naufrage, la dureté des sauvages, l'incompréhension et l'hostilité des civilisés ? Il le faut ! En avant ! Pour la recherche de ces noires brebis perdues, ces femmes, ces hommes, intelligents, cultivés, sensibles, ont abandonné leurs familles, leurs biens, leur langue, leur pays, la lecture, la civilisation. Ils n'ont devant eux qu'un avenir d'efforts crucifiants couronnés la plupart du temps par l'insuccès et accompagnés par le martyre.

Qu'importe s'ils sauvent, s'ils ressuscitent une de ces âmes, un de ces citoyens de l'abîme dont le prix, nous dit l'Évangile, est inestimable ? Et qui sait si cette perle nourrie de tant de sacrifices que ramasse sur le sable de la Papouasie la main d'une Marie-Thèrèse Noblet et d'un Verjus n'est pas la rançon qui sert à payer cet océan d'injustices et de cruautés dont nous sommes les habitants, j'allais presque dire les habitués, quand ce n'est pas les bénéficiaires ?

1880-1936 : Je songe à tout ce qui s'est passé en France au cours de ces 56 années et à cette exploration qu'un écrivain célèbre nous a convié à conduire avec lui à la recherche de ce qu'il appelle non sans raison *le temps perdu !* Le résultat de cette exploration poursuivie sans complaisance et sans charité au milieu d'un monde d'inutiles et de corrompus, vous le connaissez, et le fruit qu'il laisse est une impression affreuse de découragement et de dégoût ! Et maintenant voici une autre voix, voici un autre livre qui nous engage à partir à la recherche non plus du temps perdu mais de l'éternité à retrouver ! Ce n'est plus du côté de Swann et du côté de Guermantes qu'on nous engage à regarder, c'est du côté de Dieu ! Les personnages de l'histoire ne s'appellent plus un Charlus, un Verdurin et un Saint-Loup, ils s'appellent Jullien, Bourjade, Alain de Boismenu ! Ceux-là, ils n'apportent pas seulement le salut à quelques pauvres noirs, ils nous apportent le nôtre, oui, à nous-mêmes, si nous le voulons, et en tout cas leur exemple, le secret de cette joie qu'au travers de vingt tomes désolés l'écrivain que je vous citais n'a pas réussi à découvrir. La perle sans prix que tous les enragés du vice et de l'égoïsme s'efforcent de conquérir, là-bas ce sont ces sacrifiés de la forêt vierge et de l'atoll qui s'en sont emparés et qui la tiennent à notre disposition. Car après tout ce sont des hommes comme nous ! Ils sont faits du même sang, et, dirait Bossuet, de la même boue ! *Fils de l'homme*, dit le prophète, *penses-tu que vivent ces ossements ?* Et nous pourrions en dire autant de ces personnages de Proust, de ces simulacres pourris, de ces cadavres vivants ! Mais non point si morts que l'esprit ne puisse souffler sur eux, ce même esprit qui a fait de l'épicurien épais qu'était le vicomte de Foucauld un ermite, un saint et un martyr. Aujourd'hui, les apôtres de la Papouasie dont va vous parler le Père Dupeyrat apportent à un monde non moins corrompu que celui de l'avant-guerre, en tout cas et certainement plus inquiet et plus malheureux, la même leçon vivifiante. Comme nous dit l'Évangile de saint Marc : *Vous pouvez faire ces choses et de plus grandes ! Que celui qui a des oreilles entende !*

28 mars 1936.

L'ANARCHIE DIRIGÉE

L'Église espagnole, sous la signature de deux cardinaux et de la plupart de ses prélats, vient d'adresser aux évêques du monde entier une lettre collective, qui établit le véritable caractère des événements qui se déroulent depuis un an dans la péninsule et qui, volontairement ou involontairement méconnus et défigurés par une grande partie de la presse même catholique, laissent l'opinion hésitante et troublée. C'est un document rédigé avec modération, appuyé sur des faits incontestables et qui fournit le tableau le plus compréhensible de cette année de guerre civile et de ces cinq années de révolution. Il faut espérer que l'épiscopat français à qui elle s'adresse, ainsi que notre presse catholique, lui donneront la plus large publicité.

Les rédacteurs de la lettre commencent par détruire un certain nombre de préjugés. Il est faux que l'Église catholique et les Ordres religieux fussent propriétaires d'une grande partie du territoire national. Ils n'en possédaient que quelques parcelles insignifiantes dont la révolution de 1931 avait d'ailleurs achevé de les dépouiller. Il est faux que l'Église eût été opposée à la République. Elle s'y était ralliée loyalement dès le début par des déclarations solennelles et il serait impossible de préciser de sa part aucun acte d'hostilité. Il est faux qu'elle se fût solidarisée avec le parti conservateur et avec les abus commis. C'est en Catalogne où les œuvres sociales étaient le plus développées, où l'action catholique était le plus intelligente et le plus énergique, que la jacquerie anarchiste a eu le plus grand caractère de violence et de cruauté. Il est faux que l'Église ait été au courant de la conspiration militaire. On ne s'expliquerait pas en ce cas qu'elle eût pris aussi peu de précautions et se soit livrée, la gorge tendue, à des représailles dont elle savait qu'elle serait la première victime. Enfin il est faux que le peuple espagnol dans son ensemble fût animé d'une haine farouche à l'égard des prêtres et de la religion. La lettre cite un fait curieux : sur les révolutionnaires exécutés, il n'y a pas plus de 2 p. 100 à Majorque, pas plus de 20 p. 100 dans le Sud, pas plus de 10 p. 100 dans le Nord, qui aient refusé les secours de la religion.

La Révolution espagnole qui commence en 1931 et qui aboutit, en 1936, à une situation intolérable, dont le soulèvement civico-militaire de la plus grande partie du pays fut la conséquence, doit son caractère à trois causes conjurées :

La première est l'incapacité, le défaut de valeur morale et intellectuelle, le mépris complet de la conscience et du droit, des parlementaires qui, après la chute de la monarchie, assumèrent la direction du pays. Il y eut carence et paralysie du pouvoir. Ce fut l'anarchie d'en haut qui encouragea l'anarchie d'en bas.

La seconde cause est l'action méthodique et concertée de la Russie soviétique. La lettre confirme à ce sujet les faits qui sont généralement connus et d'ailleurs indiscutables.

La troisième, enfin, est la force du parti anarchique qui englobait en Espagne une grande partie de la classe ouvrière et contrôlait la plupart des organisations syndicales. Encore aujourd'hui, c'est ce parti de négation pure qui donne nerf et ton à l'émeute organisée qui, depuis juillet 1936, a pris la place du Gouvernement. Le peuple espagnol est individualiste à outrance et s'il comprend le cri de révolte : « Ni Dieu, ni maître », les pédantesques théories marxistes le laissent à peu près indifférent.

Toutes ces forces de destruction se déchaînèrent avec une violence effroyable, quand l'insurrection militaire, provoquée par les abus du pouvoir les plus cyniques et les plus criminels, eut achevé de désemparer un Gouvernement malhonnête et imbécile.

On ne comprend la Révolution espagnole qui a trouvé son épanouissement en 1936 que si l'on y voit non pas une tentative de construction sociale, comme en Russie, ayant pour objet de substituer un ordre à un autre, mais une entreprise de destruction, longuement préparée et dirigée avant tout contre l'Église. Taine parle dans son livre d'une anarchie spontanée. Ici il s'agit d'une anarchie dirigée. Il est impossible de concevoir que, sans un mot d'ordre et sans une organisation méthodique, toutes les églises *sans exception* de la zone rouge aient pu être incendiées, tous les objets religieux minutieusement recherchés et détruits, et la presque-totalité des prêtres, des religieux et des religieuses massacrés avec des raffinements de cruauté inouïs et pourchassés comme des bêtes féroces. « Aucune guerre, dit la lettre, aucune invasion barbare, aucune commotion sociale dans aucun siècle, n'avait causé en Espagne ruine semblable. Il est vrai que furent employés pour cela des moyens dont on n'avait disposé en aucun temps : une organisation savante mise au service d'une terrible entreprise d'anéantissement surtout des choses de Dieu, et une technique moderne de locomotion et de destruction à la portée de tout criminel. » Mais il faut insister sur ce point que cette dévastation ne fut l'œuvre en réalité que d'une minorité consciente et frénétique. Le reste doit être mis au compte de la brute déchaînée, de ce « gorille » dont parle Taine qui sommeille en tout être humain et qui, une fois délivré de la contrainte sociale, s'affole à l'odeur du sang et du feu et ne sait plus ce qu'il fait.

En face de cette montée de sauvagerie qui n'avait cessé de s'accentuer depuis les funestes élections (d'ailleurs falsifiées) de février 1936, une réaction s'imposait et il n'y a pas lieu de s'étonner que le seul corps resté intact et sain en Espagne, c'est-à-dire l'armée, en ait pris l'initiative, immédiatement suivie par la majorité de la nation. La lettre épiscopale justifie par des arguments théologiques, qui valent bien ceux de M. Jacques Maritain, cette décision vigoureuse : « Tels sont la condition humaine et l'ordre de la Providence (rien jusqu'ici n'a pu s'y substituer), que la guerre, quoiqu'un des plus terribles fléaux de l'humanité, est quelquefois le remède héroïque, le seul possible, pour ramener les choses dans l'orbe de la justice et dans le royaume de la paix. C'est pour cela que l'Église, tout en étant la fille du Prince de la Paix, bénit les emblèmes de la guerre, et qu'elle a fondé les Ordres militaires et organisé les Croisades contre les ennemis de la foi. » Elle proteste également avec énergie contre les tentatives répétées, et répétées jamais plus souvent que par certaines plumes catholiques, qu'on a faites de mettre en balance les abus occasionnels qui ont pu être commis par les troupes franquistes et les exterminations systématiques qui furent l'effet du mot d'ordre anarchiste.

Enfin la lettre des évêques espagnols proteste contre les projets extravagants de médiation qui ont été lancés par quelques idéologues, comme s'il pouvait y avoir une entente quelconque avec des hommes dont les principes sont la négation même de l'ordre moral et social et visent directement à la disruption de l'État et de la Patrie. Le général Franco ne peut pas plus consentir à traiter d'égal à égal avec les Basques, les Catalans et les anarchistes que les fédéraux américains n'auraient pu admettre de pactiser avec les Sudistes. « Le communisme, dit l'encyclique récente de Pie XI, est essentiellement pervers, et on ne peut pas admettre que collaborent avec lui, sur aucun terrain, ceux qui prétendent sauver la civilisation chrétienne. » Et les évêques tirent de ce principe la conclusion suivante : « Pour le moment, il n'y a pour l'Espagne aucun autre espoir de reconquérir la justice et la paix, et les biens qui en découlent, que le triomphe du mouvement national. Peut-être aujourd'hui moins encore qu'au commencement de la guerre, parce que la faction contraire, malgré tous les efforts de ses hommes de gouvernement, n'offre aucune garantie de stabilité politique et sociale. »

Je ne puis que conseiller à mes lecteurs de recourir, pour s'éclairer, au document remarquable dont je viens de leur donner un résumé insuffisant. Les catholiques ont entre eux un devoir de solidarité qui doit s'exprimer autrement que par des interventions incongrues en faveur des alliés rouges à propos de scandales imaginaires. Qu'ils suivent l'exemple admirable que leur ont donné les catholiques américains au moment des persécutions mexicaines.

1937.

LE RÉGIME DU BOUCHON

Il y a des inconvénients à empêcher un homme de respirer. Il y en a aussi à l'empêcher de parler. Il y a des inconvénients à lui coudre les paupières et à lui cimenter les oreilles pendant qu'on lui bourre le crâne. Maintenant on s'est mis de plus à lui apprendre le « pas romain ». On le met au pas, comme on dit en français. Bientôt tous les actes de la vie seront réglés au coup de sifflet. Un seul Führer, un Vojd, un de ces hommes dont il est de foi qu'ils ne peuvent pas se tromper, régnera au milieu de courtisans aplatis sur des millions d'automates.

Mais il y a des inconvénients.

Tout d'abord, il y a beaucoup de gens tout de même qui n'aiment pas à se sentir avilis. A être traités comme des mineurs, comme des demi-idiots, comme des gens à qui l'on ne saurait laisser sans danger l'usage de leurs mains, de leur volonté, de leur conscience, de leur intelligence, de leurs enfants et de leur fortune. A se sentir à tout moment sans aucun recours sous l'œil de l'espion, sous la surveillance du gendarme et sous la menace de la prison et du revolver. Oui, même dans ce Royaume du Grand Mogol ou du nouveau Dahomey,

il doit y

avoir certainement des gens qui n'aiment pas cela.
Il y a aussi des gens qui se souviennent de la guerre, de la vie des tranchées, des gaz asphyxiants et des lance-flammes, de la tuerie, des mutilations, de ces trains bondés d'enfants et de pères de famille que l'on envoyait comme du bétail à l'abattoir, des régions dévastées, et qui se disent que tout cela peut recommencer d'un moment à l'autre, que tout cela dépend du caprice et de la digestion de trois hommes dont la cervelle donne des signes non douteux

Enfin, il y a des bipèdes encore pourvus des signes extérieurs de l'humanité que cela embête d'habiter des poulaillers hermétiquement fermés et pourvus de mangeoires pauvrement garnies, sur lesquels veillent attentivement de toutes parts des sentinelles affectées de fusils-mitrailleurs et de bombes à gaz asphyxiants. Parmi eux, la catégorie la moins inquiétante n'est pas celle de ces spécialistes dont la fonction vitale est d'aimer la justice et de chercher la vérité. Il est vrai qu'on peut les mettre en prison ou les envoyer, comme on dit, « à l'Ouest ». On peut aussi les payer, et il y a chez nous un bon nombre de plumitifs et de ratés qui trouvent le pain de Staline, comme ils trouveraient celui de ses deux compères, savoureux et nourrissant. Mais il y a aussi des silencieux dont le cœur se gonfle de haine et d'indignation. Assez de haine, assez d'indignation, assez de vérité, assez de justice, pour faire sauter les récipients les plus solides.

Souffre, ô cœur gros de haine, affamé de justice !

a écrit André Chénier, à la veille de son exécution. Et quelques jours après, c'était Robespierre lui-même, accompagné de sa suite, qui éternuait dans le panier à son.

Mais une communauté pas plus qu'un individu ne

peut se passer sans inconvénient de ses fonctions essentielles. Et l'une de ces fonctions est de penser. Une ville ne peut se passer de marché (et précisément au milieu des marchés allemands, on voit toujours une statue qui est appelée la Justice « Gerechtigkeit »). Et de même un État ne peut se passer d'un marché où l'on apporte toutes les denrées intellectuelles du monde, celles du présent, et celles du passé, et celles de l'avenir, pour les évaluer, pour les discuter, pour les distribuer, pour en faire usage ou pour les rebuter. Et non seulement les idées, mais cette matière première que sont les faits. Il y a des inconvénients pour un pays à se passer dans la personne de chacun de ses citoyens d'une pensée et d'une volonté autonomes. Il y a un inconvénient, pour un pays totalitaire, à ce qu'un peuple asphyxié et affamé se rende compte sourdement que le pouvoir à qui il a tout donné ne lui rend rien en échange et que, suivant l'expression américaine, « it does not deliver the goods ».

Or, nous assistons à ce spectacle affligeant : de grands pays qui jadis ont été des foyers intenses de culture et de civilisation,

réduits à un esclavage infiniment pire que celui d'aucun État Asiatique de l'antiquité. Des pays où il est défendu de recevoir sur la réalité extérieure autre chose que des informations accommodées par la censure, la dégoûtante bouchée mastiquée par un fonctionnaire. Où les enfants, comme du temps des janissaires, sont soustraits à leurs parents. Des pays où les organes chargés à tout moment de prendre conscience des besoins et de l'équilibre de la communauté sont systématiquement atrophiés et mutilés. Où l'histoire est faussée, les livres expurgés ou brûlés et le mensonge érigé en dogme. Où des doctrines d'agression et de haine, des théories de frénétiques et de primaires, telles que le racisme, le socialisme et le marxisme, qui sont la honte de l'esprit humain, sont enfournées de force à des auditoires abrutis. Où la parole est remplacée par le hurlement collectif. Où les murailles des anciens temples vocifèrent en lettres de goudron : Où il est interdit de saluer autrement qu'en levant la main et en jurant le nom de Nabuchodonosor ! Où la police oblige chaque matin 150 millions d'hommes à se prosterner la face contre terre devant le gorille le plus immonde qui ait jamais assumé une espèce de ressemblance bestiale avec le visage humain. « Tu es notre soleil ! Tu es notre Dieu ! » beuglent ces foules qui acclamaient autrefois Néron et Héliogabale suivant un rythme soigneusement réglé par la police.

Tels sont ces *Rois de l'Orient* que nous annonce l'Apocalypse.

Le Pape a dit de tous ces tyrans que *le Seigneur se moque d'eux.*

Il n'est pas le seul.

1938.

UNE SAISON EN ENFER

C'est l'enfer soviétique que je veux dire. Mon séjour, par la lecture, n'y a été que de quelques heures. Mais celui des deux auteurs, tous deux communistes (1), qui m'y ont introduit et qui font l'objet de la présente recension, a été de nombreuses années. Il ne s'agit pas de touristes, ni de diplomates, ni de journalistes, inférant de contacts superficiels et disjoints. Il s'agit de croyants, seulement à demi, autant qu'on peut le comprendre, désabusés. Il s'agit non pas d'une description, mais d'une expérience de Tophet, par des participants à son fonctionnement, soit à titre de rouages, soit de ce marc humain lui-même sous la pression de l'épouvantable vis. Les deux hommes viennent du dehors, attirés à Moscou par la passion révolutionnaire. D'abord accueillis et éprouvés, ils ne tardent pas à se montrer irréductibles à la machine qui après avoir voulu les broyer les élimine, heureusement pour eux, par une frontière autre que celle du Styx. Le premier a connu l'usine, la mine, le chantier, le *kolkhoz*, la chaire de professeur et diverses tâches d'inspection qui l'ont mené aux points les plus divers de l'immense bagne. Le second, après quelques années d'activité politique et d'ensei-

(1) Yvon, *l'U. R. S. S. telle qu'elle est.* Préface d'André Gide; A. Ciliga, *Au pays du grand mensonge.* Gallimard, 1938

gnement, fut jeté en prison, où affluaient les victimes successives de la Révolution : il jouissait ainsi d'une chance unique de connaître toutes les formes et tous les effets du système atroce d'oppression inauguré par Lénine et parachevé par Staline.

L'impression générale est résumée dans ces quelques lignes liminaires que j'emprunte à la préface de M. André Gide : *Le peuple est aujourd'hui plus malheureux en U. R. S. S. qu'il n'a jamais été, plus malheureux et moins libre que dans n'importe quel autre pays.*

Comme l'Italie de Mussolini et comme l'Allemagne d'Hitler, la Russie de Staline est le résultat de cette immense mobilisation des peuples que la Grande Guerre a arrachés à leurs assises et qui se sont depuis trouvés impuissants à reprendre leur équilibre dans des cadres détruits ou affaiblis. L'Italie, pour la première fois consciente de son unité nationale, a éprouvé le besoin de s'affirmer, de *faire figure*, au dehors. L'Allemagne, humiliée dans son orgueil et comprimée dans ses intérêts par des textes étroits, s'est débarrassée de ses cloisons intérieures et a fait sauter l'un après l'autre, spécialement du côté où l'entraînait sa pente naturelle, les gonds de la prison où l'on avait essayé de l'enfermer. La Russie enfin a pris dans d'atroces convulsions le sentiment de son identité intime, de ses ressources profondes et de sa force extérieure. Matière humaine jusque-là, masse dormante et stagnante sourdement alimentée sous le contrôle d'un pouvoir hétérogène par des activités diffuses, lac sans courant abandonné à son propre poids, elle a voulu se donner elle-même les organes généraux nécessaires à un fonctionnement différencié, elle a essayé de s'accrocher directement et collectivement aux grandes forces naturelles sans le concours des intérêts privés. Sous l'empire de ces désirs latents, il s'est produit chez ces trois peuples un travail d'amalgame et de simplification que j'appellerai, pour emprunter son langage à la géologie, métamorphique. Sous l'action de minorités énergiques et violentes, culminant dans la volonté ou plutôt dans l'instinct passionné d'un seul homme, il a émergé de dessous la mince mosaïque bourgeoise, trois blocs, trois continents, trois systèmes de forces homogènes.

Dans la gravure qui sert de frontispice au *Leviathan* de Hobbes, on voit un être immense fait d'une multitude de petits individus à deux pattes en qui, si l'on regarde attentivement, on peut reconnaître les traits de l'espèce humaine. Il n'y a pas de meilleure image des trois monstres collectifs qui viennent de se dresser sur l'horizon de l'Histoire. Ce sont trois états militaires nés de la guerre et qui continuent à en respirer la psychose et à en incarner la loi. La guerre totale a fait surgir des États totalisés, tendus vers un but extérieur autre que l'aménagement et la jouissance du *statu quo*. L'individu n'est plus que l'élément attelé par la contrainte à un système : encore cette image est-elle insuffisante à dépeindre l'effroyable outillage à la fois d'aspiration et de compression qui s'est constitué autour de lui, réduisant le corps à l'état de fibre et aspirant l'âme. Quand la loi de l'ensemble est ainsi posée en principe, la liberté de l'individu, l'appel de sa part à un droit personnel quelconque, est non seulement un danger, mais une absurdité et un scandale. Défense de parler, défense d'écrire, défense de savoir, défense de penser hors de la norme. Les éléments hétérogènes et inassimilables, comme les Juifs et les diverses églises qui peuvent servir de support à cet ennemi qu'on appelle la conscience individuelle, sont proscrits, écrasés ou paralysés. L'État s'en empare ou en restreint l'usage. Chaque État est devenu un vaste « concern » où l'activité du bétail humain est attentivement dirigée et le profit, qui pourrait nourrir une dangereuse indépendance, soutiré : en Allemagne on a même commencé à s'occuper de la reproduction et de l'élevage suivant les règles de l'eugénie. On espère ainsi obtenir des *races* différenciées comme pour les vaches et les cochons. L'éducation est devenue une propagande. Les professeurs, les livres, les journaux, la radio, le cinéma, les murs eux-mêmes,

tout contribue à assourdir, à abasourdir la pensée, à l'astreindre à un rythme et à un élan communs, comme une musique militaire continuelle, comme un tambour qui ne cesse pas de rouler. La technique à ce point de vue dans les trois États totalitaires qui font l'objet de la présente étude est arrivée à une véritable perfection.

Deux vieux pays chargés de traditions comme l'Italie et l'Allemagne n'ont pas été sans opposer quelque résistance à l'opération unificatrice, procédant à la fois du dedans et du dehors, que je viens de décrire. Il a fallu procéder à pas successifs. Mais en Russie, une fois volatilisée sous l'effet des passions populaires la classe dominante peu nombreuse et désorganisée, une fois posé le principe de la dictature, une fois constitués les instruments militaires et policiers qui la rendaient effective, on pouvait faire ce qu'on voulait. Un parc humain de millions de têtes moutonnant jusqu'aux limites de l'horizon ! Voilà ce que Lénine et Staline comme Ivan le Terrible et Pierre le Grand ont pu voir du haut du Kremlin.

Aujourd'hui, et la scène débarrassée des idéologies, des prétentions, des illusions et des mensonges, la situation, telle que la décrit avec une franchise et une honnêteté qui forcent la sympathie, M. Yvon, est celle-ci : c'est que la Russie est devenue la plus colossale et la plus parfaite société anonyme, l'outillage le plus inexorable, en dehors de tout principe spirituel, d'exploitation de l'homme par l'homme qu'ait jamais pu rêver Karl Marx. La trouvaille a été de faire luire aux yeux de ces simples l'idée, que désormais ils ne travailleraient plus pour un présent sans espoir, pour le profit et la satisfaction de quelques individus, étiquetés du nom de capitalistes, mais pour la création de quelque chose de nouveau, de raisonnable, d'immense et de juste, où la production, en même temps que la distribution et la consommation, serait à la mesure des besoins; qui serait l'œuvre de tous et la propriété de chacun, et en qui s'exprimerait dans une fructification prodigieuse, à l'abri des cupidités et des discordances individuelles, la communion de tout un peuple avec lui-même. Dans le morne hiver du pays de Gog, Lénine et ses camarades du wagon plombé apportaient l'espérance, l'idée de quelque chose d'énorme à réaliser tous ensemble. En somme, une grande entreprise de travaux publics, c'est elle qui aujourd'hui est devenue une entreprise de travaux forcés.

Mais il y a quelque chose de pire que la tyrannie d'un homme, c'est la tyrannie d'une idée. Du moment où la création d'une cité nouvelle prend la valeur d'un impératif catégorique, d'un plan qui s'impose, le matériel humain destiné à la réaliser se divise comme de lui-même en deux catégories : l'état-major et la troupe, les dirigeants et les dirigés, le problème réduit à ses éléments positifs étant de tirer de ces derniers le plus possible d'activité efficace au moins de frais possible. Car le rendement d'une machine a des limites, mais le rendement de l'être humain, de la *pièce*, comme disaient les anciens négriers, est susceptible, avec une technique appropriée, d'une extension que l'on peut qualifier d'éblouissante, dans le cadre de cette *loi d'airain* dont parle le prophète *Karl Marx.* Entre ces deux catégories, au dire de nos deux auteurs, la différence n'a cessé de s'accroître, et la Russie sociale nous présente le tableau suivant, à la fois grandiose et simple.

Les dirigés ou exploités comportent les espèces suivantes :

1° Les *esclaves* purs et simples. C'est cette partie de la population que pour une raison ou pour une autre, on a jugée dangereuse et irréductible. Elle comprend les anciens bourgeois, les prêtres, les koulaks, beaucoup de cosaques et une proportion considérable de paysans. Leur nombre est immense et peut être évalué à plusieurs centaines de mille. L'antiquité elle-même n'a pas connu de telles accumulations de captifs déshumanisés. Sans aucune préoccupation de famille (Karl Marx ne reconnaît pas la famille), ils sont expédiés par trains entiers vers le Nord ou vers la Sibérie. Ciliga nous dépeint ces trains bondés jusqu'à l'étouffement de bétail empilé, certains malheureux réduits à un tel désespoir qu'ils cassaient la tête de leurs enfants contre les poteaux télégraphiques. Une fois arrivés dans des conditions d'indigence complète au point de vue des vêtements, des souliers et même des outils, dans les déserts glacés de la toundra, ils sont astreints à un travail exténuant, sous la surveillance de brutes humaines, elles-mêmes stimulées par la terreur de Moscou. Les femmes les plus jeunes sont livrées à la prostitution. Pour nourriture, quelques bols de kasha, ou une soupe aux harengs pourris. Pour abri, des baraques légères où le bétail est tellement entassé que les gens sont littéralement obligés de coucher les uns sur les autres. C'est dans ces conditions qu'ont été réalisés ces grands travaux dont se vante la propagande soviétique, le canal de la mer Blanche, le chemin de fer du Turk Sib, que sont exploités les placers de la Lena (qui rapportent au gouvernement esclavagiste des millions de livres sterling immédiatement expédiés en Angleterre et en Amérique). C'est dans ces conditions que vont être exécutés les nouveaux grands travaux prévus, tels que le canal de la Volga et de la mer Caspienne.

2° Les *serfs*. Ils se divisent en deux catégories : les paysans et les ouvriers.

A la suite de l'expropriation des « bourgeois », les paysans russes pendant les quelques années de régime de la Nep avaient connu un moment de prospérité. Mais on ne tarda pas à s'apercevoir que la juxtaposition d'un régime collectif et, disons, d'un régime propriétarien, était impossible. Une logique inflexible exigeait la disparition de l'un ou de l'autre. Staline décréta la collectivisation paysanne et l'incarcération de tous les terriens dans d'immenses exploitations dénommées *Kolkhoses*. Il en résulta d'abord un double massacre : celui du bétail à quatre pattes que les paysans préférèrent tuer plutôt que de le livrer à l'État : et puis celui du bétail à deux pieds, baptisé pour la circonstance du nom de koulaks, dont le Gouvernement de Moscou avait décidé de *liquider* l'opposition. En second lieu, deux épouvantables famines, celle de 1931 et celle de 1933, qui firent des millions de victimes (1). Aujourd'hui, les paysans à qui le généreux Staline a rendu la possession d'une isba, d'une vache, de quelques volailles et de quelques lopins de terre, ont le droit de toucher, après une année de labeur caporalisé, les quelques kopecks que leur laissent les prélèvements de Moscou et les impôts et qui sont insuf-

(1) Après ces opérations le recensement de la population aboutit à la constatation d'un déficit de 40 millions d'*âmes* (je demande pardon à M. André GIDE pour l'emploi de ce mot, mais il s'agit d'*âmes mortes*). Résultat : on massacre les recenseurs.

fisants à leur procurer les objets fabriqués de première nécessité que l'industrie d'État, remplaçant, après l'avoir supprimé, tout l'artisanat domestique, est en grande partie impuissante à leur livrer, même à des prix exorbitants.

Parlons maintenant de la classe ouvrière, à laquelle les deux auteurs ici recensés ont été mêlés de près et sur le sort de qui ils ont pu nous donner des renseignements détaillés et de première main. Bien entendu, pour les ouvriers comme pour les paysans, c'est le servage. Les usines, les chantiers et les mines sont gardés par des sentinelles armées et la liberté de changement et de déplacement a été de fait supprimée. Nous ne parlons pas, bien entendu, du droit de grève. Les syndicats sont des organes entièrement placés dans la main de la police. Le directeur est maître absolu et tout relâchement de sa part, toute défaillance dans le chiffre de production dont il est personnellement responsable, entraînerait pour lui la destitution et probablement l'abatage. Ce principe d'exigence et de terreur prévaut d'ailleurs à tous les degrés de l'organisation industrielle. Nul besoin de dire que l'espionnage le plus savant permet d'ausculter à leur naissance même, les paroles, les pensées et les velléités des assujettis. Les salaires, encore réduits par les souscriptions « volontaires », les journées de travail gratuites et également « volontaires », suffisent tout juste à maintenir, comme on dit, l'âme et le corps ensemble (s'il est permis d'emprunter ce mot d'âme à un « lexique » périmé), les conditions de logement sont indescriptibles. Mais je n'ai parlé jusqu'ici que du piston compresseur; la grande trouvaille soviétique, le progrès sublime sur l'ancien « sweating system », est le piston que j'appellerai « aspirateur ». Il s'agit de tirer de l'être humain tout ce qu'il peut fournir. Et pour cela, il ne suffit pas d'avoir rétabli le *travail aux pièces*, objet traditionnel des dénonciations ouvrières, d'avoir instauré dans des conditions de férocité inouïes dans les ateliers toutes les inventions de Ford, de Taylor et de Bedeaux, le travail à la chaîne, le chronométrage, etc. Le régime soviétique a inventé le *stakhanovisme*. De même que dans les abattoirs de Chicago on a dressé certains animaux à prendre la tête du troupeau et à le conduire en bon ordre à l'échaudoir, de même dans toutes les industries, on a choisi un certain nombre de gaillards et de gaillardes, largement rémunérés, qui, savamment encadrés, arrivent à des chiffres de rendement fabuleux. Ces chiffres, une fois acquis, servent de base à l'accroissement progressif des normes, c'est-à-dire du rendement moyen exigé, bien entendu sans augmentation de salaire, de la masse. A cela s'ajoutent les promesses de récompenses, les concours, l'émulation (et toujours par derrière la menace de la police). Le tout dans la vocifération continuelle de la propagande et de la statistique.

Je laisserai de côté pour faire court les conditions monstrueuses d'insécurité et d'insalubrité sur lesquelles nous renseignent MM. Yvon et Kléber Legay.

3° Les *incarcérés*. Ce sont les citoyens de la prison, soit qu'ils attendent le jugement, presque toujours suivi ou plus généralement précédé de la condamnation, soit que pour une raison ou pour une autre l'administration juge le grand air dangereux pour eux et pour elle et tienne à les conserver étroitement serrés dans son garde-manger. M. Ciliga décrit une de ces prisons relativement bénignes où il resta plusieurs années. C'est seulement dans ces sombres chambrées, déclare-t-il avec humour, que subsistent la liberté de pensée et de parole. Les détenus en profitent pour se livrer à ces interminables *razgovors* qui sont, à ce qu'il semble, la nécessité vraiment vitale du tempérament russe.

Mais il y a l'isoloir, il y a la chambre de torture. M. Ciliga a écouté les hurlements des damnés de cet enfer. Il a entendu un ancien fonctionnaire de la Guépéou déclarer que depuis sa fondation, cette organisation avait procédé à 35 millions d'arrestations. Lui-même estime ce chiffre exagéré et ne le croit pas supérieur à 10 ou 15 millions.

4° Enfin, il y a les parias, les *outcasts*, les épaves, dont nos deux auteurs ne disent que quelques mots, ceux qui ne sont inscrits nulle part, même sur un livre d'écrou, les proscrits, les isolés, les prêtres, les chiens errants, les enfants sans famille.

Et voilà pour le côté des *dirigés*. Passons à celui des directeurs.

Le système tyrannique appliqué en Russie n'a rien d'original que l'énormité de l'échelle sur lequel il est appliqué. Dès le XVIe siècle, l'ami de Montaigne, La Boétie, en indiquait dans un opuscule demeuré célèbre, intitulé le *Contre Un*, les principaux traits qui sont : espionnage, division, terreur. Il faut que tout homme investi d'une parcelle quelconque d'autorité se sente à la fois menacé, par en bas par un concurrent intéressé à le remplacer et, d'en haut, par un chef, à son égard tout-puissant, toujours responsable devant un supérieur lui-même irresponsable. Le tout dans une atmosphère de profond mystère.

Ce système comporte avant tout une armée et une police fortement organisées. Sur ces deux points, nos auteurs ne nous donnent qu'assez peu de renseignements. Mais nous en avons provenant d'autres sources, surabondants. La Tchéka et la Guépéou se sont fait une réputation que l'interrogatoire de leur dernier directeur, l'immonde Jadoga, récemment fusillé, n'a fait que confirmer. Quant à l'armée, suivant la tradition prétorienne, si choyée et surveillée qu'elle soit, c'est probablement elle qui tient le secret de l'avenir.

On comprend que le système d'un continent entier pris en régie par une seule entreprise comporte pour la distribution et pour le contrôle des diverses tâches jusqu'ici assumées par les particuliers, une bureaucratie innombrable et vertigineuse, un peuple de sauterelles qui chaque jour consomme en papier la valeur d'une forêt. A un moment, elle contrôlait jusqu'à la ponte des volailles. Or chacun sait que le papier produit de lui-même la tricherie, le faux, le mensonge, la concussion, la corruption et la catastrophe, comme les tuyaux d'égout produisent des rats et des cafards, surtout dans une atmosphère d'abrutissement et de famine. Ça ne fait rien ! Il y a pour tout arranger la machine à décerveler qui fonctionne à toute vitesse. Une paysanne glane quelques boisseaux de blé dans un champ : fusillée ! Un accident de chemin de fer se produit, on fusille le mécanicien et le chef de gare. Un four s'écroule dans une usine à raison des mauvais matériaux fournis : on fusille le directeur et les ingénieurs. Tout va bien.

Au-dessus des bureaucrates, il y a les grands chefs, ceux qui établissent les *plans* que le second échelon est chargé d'exécuter et de contrôler. Le monde entier a retenti de la propagande qui a été faite autour du premier et du second plan quinquennal. M. Yvon, s'appuyant sur les statistiques, déclare que de grands résultats ont été obtenus. Et en effet, le matériel humain ne coûtant rien, c'est un fait qu'on a remué énormément de terre, de fer et de ciment et que dans certains compartiments, spécialement celui de l'aviation, la production s'est considérablement développée. Des usines gigantesques comme le Dnieprostroï, Magnétogorsk, les usines de tracteurs de Gorki et de Kharkhoff ont été construites. Mais d'une manière générale, le plan porte la marque de l'incompétence, du charlatanisme, de l'ignorance, de l'incohérence, de la témérité, de joueurs et de criminels, des gens qui l'ont conçu, et qui, sous le prestige que confère toujours la force et le sang versé, sont restés des primaires, des théoriciens de bas étage et des sots. « Les grands noms, dit M. Boris Souvarine dans un article récent que vient de publier la *Vie intellectuelle* (10 avril), représentaient donc, en fin de compte, des réputations usurpées ou surfaites et, à parler net, de petits hommes... Sous un régime tant soit peu démocratique d'émulation et de compétition normales, très peu de ces noms eussent percé. » Comme les enfants de 14 ans qui lisent des histoires de peaux-rouges et de gangsters, la bande groupée autour de Lénine a été éblouie par le gigantisme de l'économie américaine et par les triomphes (aujourd'hui bien ternis) de ce qu'on appelait la *mass production.* Il a fallu réaliser des usines, des générateurs d'électricité plus grands qu'aux États-Unis : des gratte-ciels plus élevés qu'à New-York : des exploitations agricoles plus étendues que celles du Texas et du Colorado. Et cela tout de suite, sans préparation, sans études. Naturellement les bourdes les plus colossales ont été commises. Des usines ont été construites sur des gisements inexistants : le barrage du Dnieper a été élevé sans qu'on sache encore aujourd'hui à quoi le faire servir : d'immenses centres de travail ont été créés sans qu'on sache comment loger et alimenter les foules ouvrières qui y ont été parquées : la fonderie de Magnétogorsk a été établie dans les solitudes de l'Oural, sans eau, et ravitaillée de combustible par des mines situées à une distance de 2.000 km., tandis que des gisements, plus tard reconnus, se trouvaient tout près; le canal de Moscou a une profondeur de 5 mètres tandis que celle de la Volga qu'il rejoint est beaucoup moindre : on crée des fabriques d'autos gigantesques, mais il n'y a pas de routes : on massacre les chevaux, on fait des tracteurs à la place, mais il n'y a pas de personnel pour les manœuvrer, pas de pétrole pour les ravitailler, pas d'ateliers pour les réparer : on fait venir des reproducteurs coûteux et on les laisse mourir de faim, etc., etc... A ces maux toujours la même explication : sabotage et trahison. Et en avant la machine à décerveler !

Je parlais tout à l'heure de la *mass production* que j'ai eu tout le loisir, moi-même, d'étudier en Amérique. Elle y est aujourd'hui en pleine régression. Les grandes exploitations rurales du genre de celles de Campbell ont fait faillite sous le poids des frais généraux et de la monoculture. Ford s'efforce d'éparpiller de plus en plus ses ateliers. Tout l'effort de Roosevelt consiste, par la production de l'électricité à bon marché, à remettre en honneur les petits ateliers. Les géants ont un immense défaut, c'est qu'ils ne sont pas souples, ne s'adaptent pas aux multiples besoins du public et du progrès, et par leur masse même multiplient d'un coefficient formidable les risques de l'erreur. Je citerai comme un exemple le modèle T de Ford dont le public cessa de vouloir une fois qu'il eut atteint sa perfection. Pour une industrie d'État tout progrès est une véritable catastrophe parce qu'il rend inutiles d'énormes investissements.

Que dire quand ces créations monstrueuses sont réalisées par des gens malhonnêtes et incompétents ? Que dire d'un plan qui sacrifie délibérément deux ou trois générations, qui doivent grelotter et mourir de faim, en attendant qu'on ait achevé d'édifier le Moloch de fer et de ciment ? Il est vrai que, si l'on en croit M. Ciliga, les souffrances de la vile populace n'atteignent pas les hautes régions des dirigeants où la vie qu'on mène paraît tout à fait agréable et où les fils à papa continuent à prospérer.

Au-dessus de tout le Grand Mogol, le chef bien-aimé, le Soleil, etc., pour lequel les malheureux intellectuels (encore une classe dont je n'ai pas parlé, de toutes la plus ignominieuse et la plus dégradée), épuisent les formules de l'adulation asiatique : Staline.

C'est avec ce tyran, c'est avec ce peuple de bourreaux et d'esclaves, que la France conservatrice, par les soins de M. Louis Barthou, a conclu ce pacte dont nous retirons tant d'honneur et de profit. C'est ce régime que les Azaña et les Caballero, aidés par Moscou, se sont efforcés d'établir à nos portes.

La conclusion de cette étude sera double : la première est celle que me fournit Lénine lui-même dans une phrase saisissante citée par André Gide au début de sa préface : « *Jusqu'à présent, il n'est pas une Révolution qui en fin de compte n'ait abouti à un renforcement de la machine administrative.* » Quelle est la raison de ce fait incontestable ? C'est que toute révolution a pour résultat d'émietter le corps social, de réduire l'individu à l'état de cellule à la fois indépendante et impuissante. Dès lors la tyrannie, la force pure, appuyée sur la nécessité, a beau jeu à son égard. L'État devient le plus féroce et le plus terrible des maîtres et des patrons parce qu'il est tout-puissant, anonyme et irresponsable. Contre ce Moloch l'individu n'a qu'une défense qui est l'association libre et la propriété, personnelle et collective.

La seconde conclusion est que dans tout État, il faut ce que j'appelle un *donné*, une autorité morale et nationale incontestée, représentant la tradition et le *sens commun*, et imposant son arbitrage. Tout ne peut pas être éternellement remis en question par des clubs d'oisifs et de bavards, comme celui qui fonctionnait dans cette prison de l'Oural, dont M. Ciliga nous fait la peinture amère et comique, et dont chaque membre

8

représentait à lui tout seul un parti différent. Dans les pays où l'institution monarchique s'est affaiblie, ce rôle est rempli utilement, ou disons tant bien que mal, comme les événements l'ont montré, par des corps partiellement soustraits au vertige électoral, comme les Sénats américain et français.

Le titre de l'un des ouvrages ici analysés est *le Pays du grand Mensonge*. Et en effet, dit M. Boris Souvarine, dans une page saisissante de l'étude que je citais tout à l'heure, aux U. R. S. S., tout est mensonge, tout le monde est habitué à mentir jusque sur les bords de la tombe, comme l'ont montré les monstrueux procès auxquels l'Europe vient d'assister avec horreur.

« L'U. R. S. S., dit Boris Souvarine, n'est que mensonge, de la base au faîte. Dans les quatre mots que représentent ces quatre initiales, il n'y a pas moins de quatre mensonges. La Constitution contient plusieurs mensonges par article. Le mensonge est l'élément naturel de la société pseudo-soviétique. Staline, d'après la loi fondamentale, n'existe pas : mensonge. Le Politbureau, suivant les documents officiels, n'a jamais existé : mensonge. Le Parti, élite de la population : mensonge. Les droits du peuple, la démocratie, les libertés : mensonges. Les plans quinquennaux, les statistiques, les résultats, les réalisations : mensonges. Les textes et les chiffres : mensonges. Les emprunts, les souscriptions : mensonges. Les preuves : mensonges. Les photos : mensonges. Les témoins : faux témoins, les témoignages : faux témoignages. Les assemblées, les congrès : théâtre, mise en scène. La dictature du prolétariat : immense imposture. La spontanéité des masses : méticuleuse organisation. La droite, la gauche : mensonge et mensonge. Stakhanov : un menteur. Le stakhanovisme : un mensonge. La vie joyeuse : une farce lugubre. L'homme nouveau : un ancien gorille. La culture : une inculture. Le chef génial : un tyran obtus. Le socialisme : un mensonge éhonté. La plus heureuse jeunesse du monde : le plus grand mensonge du monde. L'unanimité : mensonge. Le trotskysme : mensonge. L'espionnage : mensonge. Même le beurre mélangé de clous, ce ne peut être qu'un énorme mensonge, au prix exorbitant où sont le beurre et les clous soviétiques, d'ailleurs introuvables. Unique réalité : la terreur, qui décompose les esprits et empoisonne les consciences. Le mensonge est le premier corollaire de la terreur. »

Oui, mais le mensonge n'a qu'un temps, comme la violence et la passion, qui sont la cause de la naissance de tous les régimes dictatoriaux et totalitaires et qui finissent par en être la ruine. Tôt ou tard la vérité finit par être la plus forte. Dans son magnifique sermon sur les anges, Bossuet cite cette phrase du livre des Juges : *Stellæ cœli manentes in ordine et cursu suo pregnaverunt contra Sisaram. Les étoiles du ciel demeurant dans leur ordre ont combattu contre Sisara.* Ce n'est plus le soleil que Josué éprouve le besoin d'arrêter pour venir à bout des Amalécites. Les étoiles du ciel n'ont qu'à persister dans leur ordre sublime et dans leur cours pour venir à bout du désordre humain.

Et ce jour-là sera réalisée la prophétie portée jadis contre Gog : *Voici que je t'envelopperai, et que je te tirerai, et que je te ferai monter des extrémités du Nord. La terre sera jonchée de tout ce matériel que tu as fabriqué et il faudra des années pour s'en débarrasser. Et en ce jour-là, je donnerai à Gog un lieu célèbre pour sépulcre qui frappera de stupeur tous les passants ; là ils enseveliront Gog avec toute sa multitude et on l'appellera la vallée de la multitude de Gog et la terre sera purifiée* (Ezech., Ch. XXXIX).

1938.

AU CONFLUENT DE LA MUSIQUE

Il y a dans l'âme de l'homme un cours intime, une certaine continuité de mouvement qui est sa vie, l'association de l'avancement à la persistance. Certes, quand nous envisageons ce monde qui nous entoure, nous y trouvons un site permanent et logique, un enchaînement de conceptions architectoniques qui nous rassurent par leur solidité ! Et pourtant toute cette étendue de constructions n'est là que pour ménager une déclivité essentielle, pour préparer une issue, pour conspirer à un mouvement et à une fuite. L'eau comme l'âme échappe à la circonférence par la flèche de la coordonnée.

Mais quand l'homme ferme les yeux et devient conscient en lui-même de sa propre durée, alors cela s'appelle la musique qui commence par un certain sentiment linéaire de la basse, comme l'eau qui fuit à la poursuite de son propre poids. Et quand l'homme ainsi éveillé à l'intention intérieure se met à se servir de son propre temps, et, tout en l'écoutant, à le diriger, à l'exploiter, à le travailler, à l'atteler à son industrie, à le charger de ses embarcations, alors naît pour lui ce même art qu'une nymphe abandonnée à la pente depuis la montagne jusqu'à la mer, à travers le marécage et le rapide, tour à tour active et nonchalante, irritée et ravie, enguirlandée de reflets qu'elle ne rejette que pour les reprendre et qu'elle n'oublie que pour les approfondir, explique à toutes sortes de moulins et de ponts, à la ville et au désert, à la rangée de peupliers et à celle des cheminées d'usines.

Les fleuves ne vont pas seulement à une embouchure, ils vont à une rencontre. A travers toutes sortes de détours, d'accélérations et de retardements, méditant la pause, étudiant la courbe, utilisant la trouvaille, ils prêtent l'oreille à leur vocation. Ils sentent qu'ils n'étancheront que dans d'autres eaux ce besoin que leur source leur a communiqué de finir. Ils obéissent à ce large peigne que la sourde Erda fait passer incessamment d'un mouvement unanime à travers sa toison de cultures, de populations et de forêts. Ils sentent qu'ils n'atteindront que dans un hymen collectif la solidarité totale avec leur origine. C'est au sein d'une contemplation commune qu'ils comprennent enfin leur sens propre, qu'ils réalisent toute l'étendue de leur bassin et la richesse de ce versement qu'ils ont été chargés d'opérer au fonds commun, qu'ils digèrent dans un repos solennel avant la diffusion définitive tous les accidents de leur immense et sinueuse carrière.

La région plate et à demi flottante qui fait dentelle et frange au Nord-Ouest de l'Europe et qu'on appelait jadis toute ensemble Pays-Bas, aujourd'hui la Belgique à côté de la Hollande, est un de ces terrains préparés et aménagés par la nature et par la Providence pour la rencontre et la comparaison des cultures, des races, des directions, des volontés incluses au sol et traduites non plus architecturalement par le désir d'ajouter à la suggestion du relief la consécration de l'autorité, mais musicalement au contraire par la passion déclarée ou occulte de lui échapper. C'est ici que le Nord et le Midi, le continent et la mer, le germanisme et la latinité, sont venus, sans autre frontière réelle que leurs irisations respectives, se figer dans un état de patience et d'impatience réciproques. Là se touchent la France et l'Allemagne, et l'Angleterre de l'autre côté du parterre d'eau, déjà présente et amalgamée par une vapeur commune, n'est pas loin, on atteint l'Italie par le long nerf de la Lotharingie et du Rhin, l'Autriche et l'Espagne ont laissé sur ce sol leurs alluvions et leurs semences. A ce concert essentiel, la musique ne pouvait faire défaut. C'est pourquoi, sûre d'être entendue, l'organisation des « Soirées de Bruxelles » à tous les horizons de l'Europe et du temps, pour une sorte de kermesse retentissante et le déballage sur une esplanade spirituelle de toutes les ressources de la pensée, du rêve, de la danse et du désir, adresse sa convocation.

L'accent que prend telle partition jaunie ou déjà feuilletée sous l'archet que peut-être elle attendait et qui pour elle maintenant a cessé d'être futur, et tout à côté la page neuve, toute fraîche et brillante encore de l'inspiration ; la note jadis réprimée au fond d'un cœur éteint et qui ressuscite éperdument au gosier d'une cantatrice ; toutes les manières dont la sensibilité moderne épouse l'idée à des âges divers proposée ; et, au milieu de tout cela, l'intonation inattendue, l'irruption d'une allure et d'une émotion personnelle à quoi l'auditeur bon gré mal gré doit apprendre à se prêter et à se plier ; l'Allemagne, l'oreille incessamment à son thème, qui se souvient, qui raconte et qui contemple, et qui se dégage de la forêt pour interroger l'étendue ; l'Italie dans la passion, le désir, la caresse et le délire, ce beau visage aux lèvres frémissantes dans la puissante exhalation mélodique ; la Scythie, héritière des Corybantes, la « patrie des tourbillons » comme l'appelle Rimbaud, écuyère de l'aquilon, patineuse de l'illimité sous un ciel décoré de tous les festons de l'aurore boréale ; la France enfin, qui dans le sentiment n'abdique jamais l'intelligence, dans le mouvement la composition, dans la danse la mesure, et qui, quand elle a abandonné le domaine du mot, n'a pas perdu le privilège de la persuasion, et que l'on n'écoute pas moins parce qu'elle sait s'expliquer : — on nous promet tout cela à Bruxelles ! Déjà les violons s'accordent ! Déjà le timbalier tend la peau d'âne sur ses deux demi-sphères de cuivre ! Déjà l'archet...

1935.

LE POISON WAGNÉRIEN

Avec sa finesse coutumière et son sens aigu de ce que j'appellerai l'actualité artistique, c'est-à-dire de ce moment où la lente maturation d'une répugnance secrète prend l'avantage en nous sur un prestige qui se volatilise, ou, pour parler plus simplement, où le goût se transforme nettement en dégoût, M. Henri Bidou constatait l'autre jour l'accueil gêné, indifférent, pour ne pas dire hostile, que le public parisien venait de faire à l'*Or du Rhin* de Wagner. On essayait en se reportant au livret de comprendre le sens de cette histoire à la fois puérile et confuse, de cette ratatouille boche, de ce déballage de nains, de géants, de grenouilles, de semble-faux-demi-bondieux et de poupées roses à perruques de filasse. Le tout accompagné sur un ton éternel de lamento et de récitatif par le remuement sans fin d'une espèce de salade légendaire et métaphysique où le désespoir d'un bonheur perdu et irréparable se mêle aux plus sinistres ingrédients du paganisme. Cette musique empoisonnée, ruisselante de sauce (on sait ce que les restaurateurs appellent une sauce *riche*) qui laisse au palais un goût de rogomme et de vert-de-gris !

Et l'on se dit, et je soupçonne que M. Henri Bidou lui-même a dû se dire : Penser, penser, oui, penser que j'ai pu admirer cela, et il n'y a pas si longtemps ! Et il s'agit de l'*Or du Rhin*, somme toute la plus franche, la plus fraîche, la plus inspirée des quatre fameuses pièces ! Que serait-ce s'il fallait s'appuyer le troisième acte de *Siegfried*, ou cet épouvantable *Crépuscule*, que tout de même on n'ose plus servir aux amateurs ?

Eh bien, oui ! J'ai admiré Wagner autrefois, d'une manière que les nouvelles générations ont beaucoup de peine à comprendre. Ce poison m'a empoisonné et il m'a laissé dans l'organisme des toxines qui ont été longues à s'évaporer. C'était l'époque où, dépouillé de toute croyance religieuse par les soins d'Ernest Renan, de l'Université et d'une pauvre famille ignorante, sans parler de ma propre stupidité, je cherchais douloureusement ma voie, au mépris de ces idéologies incomestibles que m'offraient les savants et les professeurs, au milieu de ces noires fumées, de ces rêves et de ces fables, dont parlait déjà l'apôtre saint Pierre, qui formaient sur un fond de sorcellerie, de sensualité et de nostalgie, le domaine de l'humanité primitive. *L'opium du peuple !* Quoi de plus éloigné de cette définition que la limpidité radieuse d'une messe matinale ou d'un office grégorien ? Mais quoi de plus applicable à ces lourdes vapeurs, qui, s'élevant de la fosse orchestrale, nous enveloppent et nous assourdissent pour nous livrer, paralysés, à la contemplation du malheur, de la fatalité et du chaos, où s'ébattent les démons de la jouissance et de l'ennui charnel ! Le remords de Tannhaüser a fait place à la lugubre immoralité de Tristan et du couple incestueux de la Walküre. Voilà l'aboutissement de ces quatre siècles d'art laïc, où tout le génie des artistes s'est consacré à créer une espèce de domaine fictif où l'évangile et la morale n'aient pas le droit de pénétrer.

L'aboutissement, mais aussi le terme ! Car pour

aimer Wagner, comme le dit fort bien M. Bidou, il faut la foi ! Comme la fourchette suspend son ascension à mi-chemin de nos lèvres, quand au goût de beurre de la première bouchée se substitue le goût de margarine de la seconde ! La foi n'y est plus et l'appétit s'arrête.

Il est certain que pendant mes dernières années de Paris, la fréquentation de Notre-Dame avait beaucoup nui pour moi à celle de la caverne de Klingsor. Puis ce fut le grand coup de vent des traversées, l'Amérique, les tropiques, la Chine, le Japon. Wotan et son commerce souterrain avec la grosse Erda, pareil au maître d'hôtel qui descend périodiquement dans les sous-sols pour consulter la cuisinière, tout cela avait perdu pour moi pas mal de son intérêt. Pourtant personne n'aime à sacrifier le souvenir de ses grandes émotions artistiques : mon armoire à *teraphim* était donc demeurée intacte, mais il faut avouer que je n'y mettais plus le nez souvent. Et puis, après je ne sais combien de saisons sous les soleils de Chine, une inspiration du Personnel me planta tout à coup en plein cœur du continent allemand. Un beau jour l'affiche de l'Opéra devant laquelle il m'arrivait de passer changea. Ce n'est plus *Mignon* que l'on joue, comme d'habitude, c'est l'*Anneau* tout entier ! Le temps de surmonter un avertissement de mon subconscient et je prends un billet pour la série. Oubliant que je n'avais plus seize ans, mais quarante !

Je me vois encore dans cette salle toute molle et grouillante d'un honnête public qui se prépare aux émotions de l'art en cassant des œufs durs sur le dossier des fauteuils et en avalant des feuilles de jambon préalablement roulées en forme de cigarettes et mouillées d'un rien de moutarde, quel dommage que la bière fasse défaut, ce sera pour l'entr'acte ! Un public sérieux, bien brave, qui ne se contentera pas de menues délicatesses, mais qui se prépare à l'ingestion d'un *magenbeton* tassé. Les partitions ne sont pas rares sur les genoux des couples amoureux. Le programme donne d'ailleurs la liste numérotée des thèmes, il n'y a qu'à le consulter. Et puis chut ! chut ! Le rideau se lève, le fameux mi, un mi bémol bien entendu, dont parle Henri Bidou, se fait entendre au milieu des ténèbres fluviatiles. Et en avant pour les quatre représentations ! Quand j'en sortis, abruti, exténué, la statue de l'Enchanteur, y compris le béret et le menton en galoche, était par terre en petits morceaux. Mais moi, j'étais guéri, convalescent en tout cas.

Plus tard, je vis les *Maîtres Chanteurs* que je ne pus, je l'avoue, soutenir jusqu'à la fin, et *Tristan, Tristan, Tristan,* hélas ! J'assistai consterné à ce fameux duo d'amour qui jadis me faisait passer des frissons le long de la colonne vertébrale. Ce qui m'intéressait à présent, c'était le manège du brave chevalier et de sa dame. Tout ce que je peux dire est que je n'aurais pas voulu être à leur place. Cela me rappelait mes leçons de danse autrefois dont j'aurais beaucoup mieux profité s'il n'y avait pas eu la musique. Ici ce qui embêtait visiblement les exécutants, c'était l'amour. Mais aussi, je vous en prie, Monsieur et dame, pourquoi ne pas débiter bien tranquillement votre petite affaire l'un à côté de l'autre, sans vous croire obligés de vous bousculer réciproquement, ce qui n'est pas sans nuire à la préparation et élaboration de ce si, dirai-je bémol, qui n'est déjà pas si commode à sortir ! Une oreille (distraite) à la bien-aimée et l'autre (attentive) à la partition. Mais voici que s'avance majestueusement et se présente, dans le déchaînement des cuivres et des plus nobles sentiments, le Cocu ! M. Wesedonk en personne !

Les duos d'amour, cela me rappelle un petit souvenir ! C'était à Rio et je me trouvais dans un fiacre extrêmement délabré et malpropre, en compagnie d'une cantatrice célèbre. A un moment donné, il y eut une communication à faire au chauffeur, et ma charmante compagne, empoignant résolument l'entonnoir de caoutchouc revêtu d'une crasse onctueuse, en approcha ses lèvres. Je ne pus retenir une exclamation de dégoût. « Bah, me dit-elle, vous savez ! Quand on est habitué à la tête des ténors !... »

Pauvre Wagner ! On pourrait croire que mes reproches s'adressent surtout chez lui au poète, au dramaturge, au metteur en scène, au théoricien ! Mais hélas ! de l'autre côté, on ne fait pas sa part à ce critique une fois en nous alerté ! La musique n'est pas un art si secret et si compliqué que ses adeptes voudraient nous le faire croire, et le poète, dès que, un moment étourdi, il a repris pied au milieu de ce courant violent et insidieux, y retrouve, non sans ironie, maints procédés de son art propre, choisis souvent parmi les plus naïfs et les plus élémentaires : celui, par exemple, qui fait le fond de l'enseignement du professeur de M. Jourdain dans le *Bourgeois gentilhomme : Marquise, vos beaux yeux me font mourir d'amour*, dit ce poète sans le savoir. Mais le musicien épuise toutes les autres formules : *Marquise, d'amour vos beaux yeux... Mourir me font d'amour marquise*, etc... C'est tout le procédé du *leitmotiv* que Wagner, secondé par Beckmesser, a utilisé jusqu'à l'écœurement. Et puis, il y a le truc du crescendo, une phrase qu'en la ressassant sous toutes les formes et en l'accentuant par de feintes contradictions on finit par graver dans la cervelle de l'auditeur le plus obtus. Alors, sur le fond de plus en plus agité des cordes, il n'y a plus qu'à le reprendre, une fois et deux fois, et une autre fois encore, en l'agrémentant de quelques épices de flûte et de basson. Et le moment suprême est arrivé. C'est comme quand Napoléon montait à cheval ! Les trombones empoignent leurs outils, le morne tuba lui-même égoutte son instrument. La batterie assoupie se réveille et le timbalier accorde fébrilement sa peau d'âne. Le cymbaliste se lève, le double disque aux poings. Ça y est ! Dans le déchaînement hystérique de l'orchestre, on entend les cuivres dessiner note à note, syllabiser leur phrase dans une vocifération aussi nette que le braiement d'un âne. Coups de tam-tam ! Roulements de tambour ! Avez-vous compris cette fois, têtes de cochons ? En voulez-vous encore ? — Oui, oui, oui, Monsieur le compositeur ! Pardon ! pardon ! assez ! assez ! Je vous assure que j'ai compris ! Ne me faites pas de mal ! J'ai peur ! Voilà le Walhall qui s'écroule ! Laissez-moi aller chercher mon parapluie !

C'est le procédé qu'un autre Richard a poussé jusqu'à une vulgarité insoutenable. Mais l'ancien lui avait donné l'exemple.

(Hitler dit dans son livre que tout l'art de l'éloquence et de la propagande consiste dans la répétition.)

Et avec tout cela, je ne conteste pas que Wagner soit un de ces hommes rares qui avaient quelque chose à dire et dont il est sûr qu'il fallait qu'ils vinssent. Un inspiré, généralement par les esprits d'en bas, quoique parfois un rayon d'en haut soit venu errer sur l'époux de la sinistre Cosima. La Tétralogie, dans son atmosphère empestée, constitue toute une prophétie de l'histoire d'Allemagne, depuis Bismarck jusqu'à Guillaume II, et une préface à cet effondrement périodique dont elle paraît en train aujourd'hui de reconstituer les éléments. La terre, mère des nuages (c'est Erda, mère des Walküres, fécondée par Robert Macaire), parmi les fumées que vomissent aujourd'hui les usines de produits synthétiques, occupe toujours son petit appartement où, au lieu d'un borgne, elle reçoit les visites d'un somnambule. Ses vaticinations sont pieusement recueillies par Alfred Rosenberg et par Madame Ludendorff. La chevauchée du Danube a succédé à celle du Rhin. Ce que je comprends moins est pourquoi les Français continuent à se régaler, à s'empiffrer, à s'empoisonner le cœur et l'imagination de cette métaphysique hagarde et de ces affreux fantômes, de ce sabbat où ne pénètre aucun rayon de joie et de vérité.

Que ce soit à l'Opéra, ou au concert ou à la radio, Wagner, Wagner, encore Wagner et toujours Wagner ! N'avons-nous pas eu nous-mêmes un musicien qui s'appelait Hector Berlioz ? Et n'est-ce pas une honte que cet incomparable chef-d'œuvre, baigné de suavité et de lumière, qui s'appelle les *Troyens*, ait pour toujours abandonné l'affiche de notre Théâtre National ?

Mars 1938.

SALUT A FRANCIS JAMMES

Je reçois à l'instant une bonne nouvelle ! Francis Jammes vient à Paris, où il n'avait pas mis les pieds depuis tant d'années. Il fait une conférence à l'Exposition. Comme je serai heureux de serrer dans mes bras ce vieil ami !

Jammes, vous souvenez-vous de ces belles et douloureuses journées que nous avons vécues ensemble à Orthez et de ces vers que vous me lisiez et dont ma mémoire est restée imprégnée ? (Je revois encore le petit salon donnant sur le jardin et sur la grand'route, et votre vieille mère qui nous écoutait.)

Une noix d'Amérique est tombée sur l'allée.
Elle annonce l'automne et son odeur étrange
Mêle .... doucement désolée
L'amour de Dieu vivant aux ténèbres des branches.

Et de ces deux journées de Lourdes ? Ce vieil homme, perclus, soudain devant nous dénoué par le miracle ? Et cette petite fille qui suivait le Saint Sacrement en brandissant triomphalement une paire de bottines dont elle avait reconquis l'usage ? Et de Philippe Berthelot ? Et de Francqui? Et de cette « Vallée d'Alméria », avec la musique de Bonheur, que l'on chantait chez

Arthur Fontaine ? Et de ces soirées chez nos vieux amis, les Chausson, les Lerolle, les Mithoüard, ces patriciens de Paris ?

Et maintenant, je vais vous revoir ! Toujours jeune, je le sais, comme il convient à un immortel. Toujours fier et droit sous l'intempérie. Plein d'œuvres, plein de gloire, plein d'honneur ! De cette gloire et de cet honneur que les hommes sont impuissants à donner. Les tempes blanches, mais ceintes de ce laurier que le temps ne flétrit pas.

Un poète ! En des temps plus heureux toute la ville serait allée à votre rencontre pour vous saluer, comme jadis Rome fit pour Pétrarque, à plus juste titre encore que pour César. Du moins qu'il soit permis à un vieux compagnon de vous accueillir, le sourire aux lèvres et les larmes aux yeux !

Il y a des poètes qui sont des artisans et dont je ne dis point de mal, car leurs rangs s'honorent de noms tels qu'Horace, Boileau, Théophile Gautier, Hérédia et le Mallarmé des dernières années. Une oreille ouverte au rythme, une possession louable du vocabulaire et de la syntaxe, une ingéniosité de virtuose, des doigts prestigieux, un métier non seulement visible mais ostentatoire, et voilà un bijou de plus ajouté à nos anthologies, qui se prête par tous les bouts à la démonstration des professeurs. Instruisez-vous, jeunes élèves ! Mais à côté d'Omar Khayam, il y a Hafiz et Saadi. A côté de Leconte de Lisle, il y a Paul Verlaine. A côté de l'artifice (souvent exquis) et de la fabrication, il y a ce langage qui vient de l'âme et qui retourne au cœur, il y a cette intonation si juste et si poignante, un mot seulement parfois, mais efficace, une syllabe mais savante à délier ce lien mortel en nous qui nous paralysait, une image mais neuve, mais juste, quelque chose jailli de l'inconnu, donné, gratuit, trouvé, dont il sera toujours impossible de dire comment c'est fait (et en effet cela n'a pas été fait autrement que l'enfant par sa mère), le domaine sacré de l'*inspiration*, scandaleux pour les déshérités de la Grâce et blasphémé par ces gens qui n'en ont jamais franchi le seuil. Un art aussi, et parfait, mais ce même art par quoi le papillon compose l'armoirie de ses ailes et le réséda son parfum. Et voilà cet habitant de la terre qui, un jour, comme Wagner l'écrit si justement à propos de Beethoven, a entendu une voix lui dire : « *Aujourd'hui*, aujourd'hui même ! *Tu seras avec moi dans le paradis.* » Il y est déjà !

Avec moi, c'est-à-dire avec Dieu ! Dans un cabinet garni de livres, éclairé à la lumière électrique, voilé par une double paire de rideaux, chauffé par un radiateur, il est facile à l'humaniste de garder son indépendance et de produire des œufs de porcelaine. Mais un poète qui a à s'arranger de la Création, il lui faut tard ou tôt s'arranger avec le Créateur. Ainsi Francis Jammes qui, un jour au milieu de la forêt, peut-être « cette forêt de notre vie » dont parle Dante, a entendu la cloche de l'Église *habillée de feuilles*. Il est vrai que se plaire à Dieu, ce n'est pas toujours le moyen de plaire aux hommes. Le fracas de cette foire autour de nous étouffe une voix trop pure. Qu'importe !

« Qu'importe à l'homme, dit le texte sacré, de gagner le monde s'il perd son âme ? » Jammes a gagné le monde, le vrai, celui qui est l'œuvre des Six jours, en sauvant son âme. Il a cru en Dieu. Il a lavé dans la source éternelle cette lèvre encore rouge du sang de la grappe. Et le voici qui reparaît parmi nous avec l'autorité d'un patriarche et ce feu au coin de l'œil de la malice béarnaise. Bonjour, Jammes !

LA MORT DE FRANCIS JAMMES

Francis Jammes est mort hier. Un petit enfant lui était né quelques jours auparavant, et au moment où il rendait le dernier soupir, sa fille prenait le voile chez les Sœurs Blanches à Lyon. Nous étions nés la même année, et pendant quarante ans, quoique séparés par la distance, nous avons partagé le même pain et nos cœurs ont battu ensemble. La France perd un grand poète, une voix en cessant approfondit le silence d'angoisse qui s'étend sur notre pays. Je ne viens pas ici faire de la critique littéraire. Je demande simplement à mes lecteurs d'aller chercher dans leur bibliothèque, pas bien haut, à la portée de leur main, un de ces volumes qui s'appellent « De l'Angélus de l'aube à l'Angélus du soir », « Clara d'Ellebeuse », « L'Église habillée de feuilles », les « Géorgiques chrétiennes », et le dernier dans sa froide limpidité peut-être le plus saisissant de tous, « Sources ». Il ne s'agit pas d'un poète, dans le sens professionnel du mot, il ne s'agit pas de prosodies, il ne s'agit pas d'écriture, il s'agit d'une voix, et jamais accent plus pur et plus naturel ne s'était élevé de notre terre chrétienne et baptisée. Le vers de Francis Jammes, dans ses premiers poèmes surtout, c'est comme une cloche, il tire la corde sans savoir combien de coups du battant sur la paroi, combien de syllabes, quel nombre de bronze et de cristal s'épandra en ondes élargies au-dessus de la campagne attentive. Ou bien, il donne sur le diapason une note et tous les vers de la laisse l'un après l'autre viennent rimer, s'accorder en chatoyant sur ce timbre fondamental. La technique change avec les *Géorgiques chrétiennes*. Jammes au milieu de son âge revient au rythme classique et aux mesures exactes. Il adopte la forme du distique et du quatrain, de ces vers deux à deux qui sortent du silence pour y retourner en laissant dans l'âme et dans l'oreille, derrière eux, une longue vibration. Et enfin, dans ses derniers vers, on dirait le chuchotement intarissable d'une source qui jaillit. « La voix vous fut connue et chère », dit Verlaine. « Un frisson d'eau sur la mousse. »

Elle s'est tue. Les hommes distraits et inattentifs ne l'ont pas toujours écoutée, mais Dieu l'a entendue. Dans un coin obscur du Béarn, il y avait ce verre d'eau fraîche à la disposition de cet éternel blessé qui ne cesse de dire « J'ai soif ! » Assez longtemps les grands poètes du XIXe siècle l'ont abreuvé de reproches, d'ironie et de blasphèmes. Assez longtemps les philosophes l'ont critiqué, assez longtemps les romanciers ont pris plaisir à dénier son œuvre, à calomnier ses créatures, ils ont pris une joie méchante à mettre au jour l'ordure, la bêtise et le crime. Et voici tout à coup, le jour de la Pentecôte, quelqu'un qui s'arrête au milieu de ce monde magnifique et qui ose dire : C'est beau ! La vie humble et ordinaire, la compagnie des simples, notre pain quotidien, notre paix quotidienne entre les deux Angélus, il n'a pas de mépris pour elle et il dit : C'est bien ! Et alors il regarde le ciel, il lève les yeux vers cette étoile qui brille au-dessus du clocher de Lourdes, et il dit ce seul mot que toute notre littérature, que toute notre poésie avaient oublié : Merci !

2 novembre 1938.

LE DISCOURS DE LA MÉTHODE

RÉPONSE A UNE ENQUÊTE

A M. le Directeur des Nouvelles Littéraires.

MONSIEUR,

Votre question m'a donné l'idée de relire, ou plutôt (soyons honnête !) de lire le *Discours de la Méthode* de Descartes. C'est ce que je viens de faire d'un bout à l'autre et ce qui me permet de vous répondre tout de suite avec la plus grande assurance : Non, Descartes n'est pas un grand écrivain, c'est même tout le contraire. Il me suffira pour vous le prouver de vous citer l'une des premières phrases du Discours : *Car j'en ai déjà recueilli de tels fruits, qu'encore qu'au jugement que je fais de moi-même, je tâche toujours de pencher vers le côté de la défiance, plutôt que vers celui de la présomption : et que regardant d'un œil de philosophe les diverses actions et entreprises de tous les hommes il n'y en ait quasi aucune qui ne me semble vaine et inutile, je ne laisse pas de recevoir une extrême satisfaction du progrès que je pense avoir déjà fait en la recherche de la vérité et de concevoir de telles espérances pour l'avenir que, etc.* La plume me tombe de la main ! Que dirait-on si c'était un auteur allemand qui fût responsable d'un tel charabia !

Le français de Descartes n'était pas son idiome naturel : son idiome naturel, c'est le latin, le latin de cuisine, auquel il revient sans cesse comme malgré lui. Sainte-Beuve remarque avec raison : *Jamais Descartes de son vivant* (et je me permets d'ajouter : ni plus tard) *n'a eu d'influence comme écrivain. Ce n'est qu'un témoin de la langue de son temps.* Tant pis pour elle ! — Et cependant, ce temps, c'est celui des *Provinciales* et des *Pensées !*

Si Descartes n'est pas un maître à écrire, peut-on dire avec Fontenelle que c'est un maître à penser ? Pas davantage.

L'art de penser consiste en trois opérations : définir, distinguer et déduire.

Or, quand on lit le Discours on est frappé de la faiblesse ou de l'absence des définitions. Prenons par exemple l'*évidence*, dont l'auteur fait la base de son curieux système. Il nous déclare dès l'abord qu'il ne s'agit pas de l'évidence sensible. Il la récuse en bloc. *Je pense, donc je suis*, déclare-t-il fièrement : d'où il ne serait pas excessif de déduire que tout ce qui n'est pas capable de dire *Je* et de *penser* n'a pas droit à l'existence. Mais qu'est-ce que Descartes appelle penser ? La moitié de nos pensées étant faites de sensations et de sentiments, il laisse entendre qu'il s'agit de cette opération abstraite par laquelle l'esprit évalue des rapports de quantité. L'*évidence* pour lui consiste à évaluer des égalités et des proportions, non pas de choses réelles, puisque la réalité sensible est mise à la porte, mais de signes mathématiques. A = A. (Il l'égale mais il ne lui est pas identique.) La méthode, l'opération de l'esprit, consiste à dégager de toutes choses les éléments d'une comptabilité. Et quant aux opérations des choses, Descartes semble les confondre avec celles de l'arithmétique.

On pourrait s'attendre d'un mathématicien que du moins il déduise avec rigueur; mais, au contraire, le Discours est tout entier rédigé dans les termes les plus confus et les plus vagues. J'ai relevé sept passages où le critérium de la *vraisemblance* est indiqué d'une manière différente et contradictoire. Tantôt il donne l'opinion du plus grand nombre comme garantie de vérité, tantôt c'est le contraire. De même, après avoir affirmé fièrement les droits de ce qu'il appelle *l'évidence* ou plutôt d'un acte de foi dans la raison personnelle en tant qu'instrument de certitude, il ajoute : « Mais si nous ne savons point que tout ce qui est en nous de réel et de vrai vient d'un être parfait et infini, *pour claires et distinctes que fussent nos idées*, nous n'aurions aucune raison qui nous assurât qu'elles eussent la perfection d'être claires. » (Quel style !)

Des quatre fameuses règles il n'y en a que deux qui aient une valeur pratique : ce sont celles qui préconisent la vertu de la distinction, de l'analyse et d'un mouvement du composé au simple, puis du simple au composé. Mais il y avait beau temps qu'Aristote et les Scolastiques (qu'on se rappelle les *distinguo* de Molière !) avaient formulé ces règles fondamentales de la logique et en avaient beaucoup mieux usé que leur élève.

Après quoi, partant d'un principe mal formulé qui consiste en fait dans une déclaration des droits de l'intelligence mathématique, ou plutôt d'une certitude subjective, Descartes passe à l'application : tout d'abord en métaphysique, où il ne fait que répéter la preuve de saint Anselme (contestée par saint Thomas et les plus fortes autorités théologiques). Puis en physique, où, partant d'un à-priorisme qui aurait fait rougir les scolastiques les plus décriés, il est obligé de reconnaître finalement, non sans embarras, les droits de l'expérience, qui ne lui réussit pas mieux. L'évidence ne l'a mené qu'à l'erreur et l'expérience qu'à la fantaisie.

Remarquons aussi les étranges défauts de composition du Discours qui commence par des idées générales sur la manière de raisonner et qui finit par une exposition embrouillée des idées de Harvey sur la circulation du sang.

En réalité, ce qui est sympathique chez Descartes, c'est son courage intrépide et sa confiance naïve, et d'ailleurs louable, dans la raison humaine, dont il ne se sert pas, au moins dans le *Discours*, d'une façon particulièrement remarquable. Il y a une phrase bien curieuse de cet ouvrage qui est trop belle pour que je ne la reproduise pas textuellement : « Ma seconde maxime était d'être le plus ferme et le plus résolu en mes actions que je pourrais : et de ne suivre pas moins constamment les opinions les plus douteuses, lorsque je m'y serais une fois déterminé que si elles eussent été très assurées. » Il illustre cette brillante idée en disant qu'un homme perdu dans une forêt est sûr d'en sortir en marchant toujours dans la même direction. Ainsi pour trouver le vrai, il suffirait de persévérer dans l'erreur. C'est le contraire de la fameuse maxime : *errare humanum est, perseverare diabolicum.* De plus, une opinion n'est pas une forêt, et si elle est vraie on ne voit pas pourquoi il faut en sortir.

En somme, Descartes, en proclamant les droits et l'indépendance de la pensée personnelle, a été dans son genre une espèce de Luther se réclamant de la liberté de conscience. L'un a été un père de sectes et l'autre de systèmes ou, comme dit Voltaire, de *romans* plus extravagants les uns que les autres, en partant de Spinoza pour aboutir à Herbert Spencer.

Que les mathématiciens célèbrent donc la mémoire de ce grand homme qui leur appartient tout entier. Quant aux écrivains, ils ne lui doivent rien du tout.

LE PLAIDOYER POUR LE CORPS

PRÉFACE AU LIVRE DU P. POUCEL

Avec cette intrépidité qui convient à un membre de la milice héroïque dont il honore les couleurs, le P. Poucel s'est attaqué à cette montagne au milieu de la Vérité d'où l'on domine tous les versants. La foi y parvient d'un coup d'aile et sans savoir comment. Mais il y a une route, et il vaut la peine, à qui fait le métier de guide, de la reconnaître et de l'étudier pied à pied suivant les suggestions du site : nous arrêtant et nous retournant de temps en temps et jugeant de la hauteur atteinte par l'étendue des horizons qu'elle nous livre.

Cette montagne, je devrais dire plutôt ce massif central, ce nœud qui resserre et réunit tout le relief, c'est la position *catholique*, soit universelle, par excellence. Je veux dire celle qui, non contente de rassembler toute la terre, la rattache au ciel pour verser de toutes parts à cette altérée les eaux de sa coupe.

Quel nom lui donner, à cette élévation sublime qui sert d'escabeau aux pieds de l'Éternel et d'où Moïse a rapporté, avec les Tables de la Loi, ces instruments, ces exemplaires merveilleux, dont le sens, la forme et l'usage lui avaient été minutieusement expliqués par les anges ? *Mons Dei, mons pinguis.* Le Sinaï n'en a pas épuisé la fécondité ni interrompu les contacts. C'est toute la terre, résumée en un seul geste, qui s'est mise debout et qui touche Dieu comme du doigt; servant de support elle-même à cet « homme debout » dont nous parle le P. Poucel, doué à sa place de connaissance, d'intelligence et d'amour, élevant les yeux vers le ciel et comprenant tout l'orbe du monde dans l'envergure de ses bras et dans le tact de ses dix doigts, comme il le mesure de son enjambée.

Creavit cuncta simul, dit l'Écriture. Il n'est pas téméraire de traduire que Dieu a créé tout sur un même plan. De même que pour comprendre un auteur nous devons nous attacher aux textes originaux plutôt que nous référer aux ouvrages de seconde main, de même ce n'est pas la philosophie — elle n'a qu'un rôle d'ailleurs indispensable de discipline, de méthode, de discernement et de grammaire — qui nous parle le plus clairement de Dieu, ce sont Ses œuvres elles-mêmes, droitement envisagées. Nous allons des choses visibles aux choses invisibles, non pas toujours comme de l'effet à la cause, mais comme du signe au signifié, et non pas tant par les chemins de la logique que par ceux de l'analogie. On ne trouverait pas dans toute la Bible une seule discussion dialectique, j'irai même jusqu'à dire : un seul terme abstrait. Dieu laisse Ses œuvres parler pour Lui. *Lapides clamabunt.* Ainsi Jésus quand Il est interrogé sur Sa mission par les disciples du Baptiste.

Nous savons seulement que Dieu a tout fait *in numero, pondere et mensurâ.* Et le Nouveau Testament ajoute : *in figurâ.* A nous de nous débrouiller.

C'est ce qu'a fait le P. Poucel, dans un livre brillant, éloquent, ingénieux, et j'espère que je ne lui ferai pas de peine en ajoutant : amusant. Ce n'est pas un savant à la manière de Termier qui nous rend évidente par une série de schémas et d'hypothèses sous-jacentes toute une construction orographique. C'est le capitaine enthousiaste, compétent et joyeux, d'une caravane scolaire qui connaît tous les points de vue, qui en découvre toujours de nouveaux et qui dit la messe sur tous les sommets. Il y a des passages un peu glissants, mais précisément c'est pour nous inviter à ne pas nous y arrêter. Cette première campagne fait bien augurer de toutes celles qui la suivront.

1937.

LOUIS VEUILLOT

UNE PRÉFACE

Il est écrit au IIe Livre des Macchabées que le grand champion du Dieu d'Israël contre les Grecs vit en songe le prophète Jérémie qui lui tendait un glaive d'or, disant : *Reçois ce glaive saint comme un présent de Dieu, en qui tu renverseras les adversaires de mon peuple d'Israël... Ainsi encouragés, les soldats du héros décidèrent de combattre et de donner de toutes leurs forces sur leurs ennemis, à cause qu'il s'agissait de la cité sainte et du temple. Car ils se mettaient moins en peine de leurs proches : mais la plus grande et la première crainte qu'ils avaient était pour la sainteté du temple.*

Cette épée de Judas Macchabée, il y a un autre homme qui en a hérité, *in die belli*, au plus dur de la mêlée, c'est-à-dire au XIXe siècle : cet homme s'appelle Louis Veuillot. L'épée n'était plus d'or, mais d'acier, non moins tranchante et affilée, d'une trempe aussi loyale que celle que Jeanne d'Arc trouva derrière l'autel de Sainte-Catherine-de-Fierbois. Non, ce n'était pas seulement une épée, mais quelque chose d'actif, d'alerte et de vivant, comme la verge autrefois dans la main du prophète. L'épée, la plume, la pointe, ne faisaient qu'un avec l'homme, comme l'aiguillon avec la guêpe, animées d'une vie propre et de cette espèce d'intelligence profonde de l'adversaire qui ressemble à l'instinct de ces insectes guerriers. Quels coups terribles il a portés, ces fantoches à sa droite et à sa gauche en portent témoignage, crevés de part en part, fendus de la tête au girel, comme le bon évêque Guillaume de Tyr dit du Sarrasin, ou simplement atteints d'une blessure imperceptible et mortelle. Les noms mêmes ont disparu. Je cherche en vain à me rappeler celui de ce directeur du *Siècle*. Edmond About, « cet Almanzor de comptoir, luisant et parfumé », erre parmi les ombres dolentes échappées de l'École Normale. Et qui donc était ce bonhomme qu'on appelait autrefois Émile Augier ? Victor Hugo lui-même reçut de tels horions, *bonnes buffes et bons torchons*, dit Jeanne d'Arc, que la terre entière retentit encore de ses hurlements. *Mon plus grand plaisir*, dit le paladin, *est de faire peur aux méchants.*

Un paladin et non un spadassin. Il ne se battait pas pour le plaisir, mais d'urgence pour la défense de ces seules causes qui sont saintes au monde, et non pas seulement pour celle de ses proches mais pour celle de *la cité sainte et du temple.* C'est à Rome même que l'Esprit-Saint l'avait armé chevalier et lui avait dit : Va ! Quel cœur battait dans la poitrine de ce fils du tonnelier de Bercy, quel amour pour les siens, ceux de son sang, ceux de sa race et ceux de son esprit, quelle bonté pour ceux mêmes qui le haïssaient, le beau livre de François Veuillot, qu'il m'a fait l'honneur de me demander de préfacer, le dit d'une manière émouvante. Les lettres qu'il écrit, à la mort presque simultanée de sa femme et de ses trois filles, sont peut-être ce que la langue française a de plus déchirant et de plus sublime. *Je ne suis pas terrassé*, dit-il, *je suis à genoux.* Mais son amour essentiel, cette chose pour laquelle il existe, ce devoir en lui toujours brûlant et vigilant, c'est l'amour de l'Église, je veux dire le sentiment intense de Jésus-Christ et de Son représentant sur la terre qui est le Pape; notre unité dans le Père infaillible. Rien de plus touchant que la loyauté filiale dont il ne cesse d'entourer le grand Pontife, Pie IX. On songe à cette peinture que Joinville fait du bon chevalier Gauthier de Châtillon, défendant son souverain : *Quand il voyait que les Turcs se mettaient parmi cette rue, il leur courait sus, l'épée au poing, et les rejettait hors du casel : et au fuir que les Turcs faisaient devant lui, le couvraient tout de traits. Quant il les avait chassés, il se déflichait de tous ces traits qu'il avait sur lui et remettait sa cote d'armes sur lui et se dressait sur ses étriers et criait : Châtillon ! chevalier ! Quand il se retournait et voyait que les Turcs étaient entrés par l'autre bout, il leur recourait sus, l'épée au poing, et les chassait : et ainsi fit par trois fois.*

Après des siècles de disputes, de chicanes, de gallicanisme, de défiance, de hargne, de mauvaise humeur et de mauvaise volonté, la France en la personne de Louis Veuillot, suivant l'invitation prophétique de Joseph de Maistre, se réconciliait avec le Pape. Qu'on lise dans le présent livre son magnifique salut à Pie IX, dépouillé du pouvoir temporel. *Salut à toi, vieillard magnanime...* et tout ce qui suit. Le cœur humain est fait pour l'amour et le respect, et en ces tristes jours où trouvera-t-il un objet qui en soit digne, sinon sur le Trône de Pierre ? Ce n'est pas d'un Roi, c'est de Jésus-Christ et de Son vicaire, que ce grand Français attend le salut de son pays. *La patrie,* déclare-t-il, se refera autour *de l'autel. L'autel est sa terre natale et n'a rien perdu de sa fécondité.* Et il ajoute ces amères et graves paroles : *Moi, chrétien, moi chrétien catholique de France, vieux en France comme les chênes et enraciné comme eux ; moi, fils de la sueur qui arrose la vigne et le blé, fils de la race qui n'a cessé de donner des laboureurs, des soldats et des prêtres, sans rien demander que le travail, l'Eucharistie et le sommeil à l'ombre de la croix; moi enfin, fidèle à toute la tradition et à tout le cœur de ma vieille patrie pleine de bonne fierté et de bonne gloire, voici l'intolérable affront qui me fait rougir, non plus à la joue, mais dans l'âme : je suis constitué, déconstitué, gouverné, régi, taillé, par des vagabonds d'esprit et de mœurs, qui ne sont chrétiens ni catholiques, c'est-à-dire, par le fait, qui ne sont pas Français, n'ayant rien du culte de la patrie...*

Comme tous les apôtres, Louis Veuillot eut à se défendre non seulement contre les ennemis du dehors, mais contre ceux du dedans, ceux-ci peut-être les plus dangereux et les plus acharnés. On a peine à se rendre compte aujourd'hui à quel point le jansénisme et le gallicanisme avaient poussé de profondes racines dans le sol de France. Mais il y avait aussi les libéraux, les conciliateurs, les politiques, que Veuillot choquait par l'intransigeance abrupte de ses opinions et par la violence de son langage. De ce côté, le procès n'est pas fini et il ne paraîtra pas inutile d'y consacrer quelques lignes.

C'est Veuillot lui-même qui nous en fournira l'argument, quand il répond aux reproches amicaux du prudent Foisset : *Ce que j'ai de trop, je tremble qu'on ne l'ait pas assez... Je suis trop ignorant pour n'avoir pas de violence; il leur manque du sang, de la haine contre une société où ils ont leur place et dont les velours et la dentelle les empêchent de voir les plaies et de sentir les corruptions. Ils ignorent ce qui se passe dans la rue, ils n'y ont jamais mis les pieds; moi j'en viens, j'y suis né, et pour tout dire, j'y demeure encore...* Et il ajoute : *Nous voulons bien que les blasphémateurs sauvent leur âme, mais nous ne voulons pas en attendant qu'ils en perdent d'autres.*

Que dirait Veuillot s'il revenait au monde et s'il constatait le ton bénin et émollient qui règne aujourd'hui dans presque toute l'expression catholique ? Son épée est au musée et le gourdin même de Péguy et de Léon Bloy n'a plus de poignet qui soit capable de le manier. Sous prétexte de charité et de bon goût, on accepte tout, on couvre tout de silence quand ce n'est pas d'approbation. S'il y a un fléau qui empoisonne la France, qui déborde de toutes les presses et de toutes les scènes, c'est la pornographie. Il y a encore un homme qui lutte contre elle de toutes ses forces, c'est le courageux abbé Bethléem. Mais il est seul. Partout ailleurs c'est une indulgence attendrie. Petits coquins ! tout de même comme vous êtes intelligents ! comme vous avez de l'esprit ! J'ai eu la stupeur de lire dans certains périodiques catholiques des éloges de pièces, d'ailleurs parfaitement imbéciles, dont je n'ose même pas indiquer le sujet. Le critique, puissant universitaire, après les réserves obligées, y voyait une illustration des thèses de saint Thomas sur la vertu de force ! Et pour les doctrines, il en est de même. Toutes les controverses sont taillées sur le même patron. On commence par faire l'éloge des ennemis de la foi, on met en lumière leurs belles qualités, on les fait asseoir, comme dans le fauteuil du photographe, sous un jour flatteur qui fera ressortir ces fronts pensifs et ces intéressantes physionomies. Puis on passera à l'examen des doctrines en insistant sur les points qui sont le mieux de nature à séduire et amadouer un chrétien. *Quis consensus Christi et Betial ?* a dit autrefois un fanatique dont ce n'est pas la peine de se rappeler le nom. Entre la vérité et l'erreur on se plaît au contraire à trouver autant de passages et de nuances que sur le cou de la colombe. L'apologétique a fait tout de même des progrès depuis le temps des Nicolaïtes, depuis saint Jérôme, saint Augustin et saint Bernard, depuis Bossuet et Joseph de Maistre ! Alors vient la réfutation, aussi prudente et « objective » que possible. Objectif ! Voilà le grand mot ! Avant tout il s'agit d'être *objectif !* Et quand le lecteur arrive à la fin du factum, il a l'impression que par rapport à la vérité chrétienne, la doctrine critiquée n'a plus le caractère d'une opposition, mais celui d'une alternative.

Que de précautions, que de chatteries, que de caresses, pour parler d'un Renan, d'un Gœthe, d'un Anatole France, d'un André Gide ! Ce n'est plus l'épée ni le gourdin : c'est la plume de paon, c'est la feuille de rose, c'est le petit vent du Nord ! Ennemis de Dieu, c'est vrai, mais quels délicieux écrivains !

Canes muti ! dit l'Évangile. Que dire de ces molosses à crocs de caoutchouc ?

Nous sommes loin de l'indignation généreuse, de cette espèce de fureur sacrée d'un Louis Veuillot ! Pour certains théologiens, pour les chrétiens toujours fidèles, ces éructations de l'Enfer, cela se passe loin d'eux et comme dans un autre monde. Il ne s'agit que de papier, de documents « objectifs », de thèses que l'on a un certain plaisir à démonter, de curiosités amusantes. Mais pour le converti il en est tout autrement. Ce poison, il l'a absorbé autrefois, il a failli en crever, et il lui en reste une certaine tendance à la colique. Ce ne sont pas là des choses inoffensives et que l'on peut montrer avec complaisance aux petits enfants. C'est littéralement de la mort en bouteille, et non pas seulement de la mort-aux-rats, mais de la mort-aux-âmes. Laisserons-nous les charlatans la débiter sur la place publique sans essayer de faire quelque chose, et sans nous en prendre non seulement à leur camelote mais à leur propre personne ?

Louis Veuillot ne l'a pas cru. Il a été vaincu en

apparence, mais il a fait ce qu'il a pu. Paix sur toi, grand chrétien ! Je le vois au cours de ses dernières années qui erre tout seul au fond d'un sombre appartement de Paris. Il n'a plus l'épée à la main, il n'a plus qu'un chapelet.

1937.

GEORGES DUHAMEL
ET LA CHAIR TOUCHÉE

« Personne, dit saint Paul, n'a jamais eu en haine sa propre chair. » Ce n'est pas l'impression qu'on retire de la fréquentation des romans naturalistes dont la triste séquelle empoisonne encore aujourd'hui notre librairie. Il n'y a jamais eu de haïsseurs de la chair humaine comme les Flaubert et les Zola. Qu'on se souvienne de l'affreux tableau que celui-ci fait d'un accouchement, sans que le côté sublime de cet événement aussi grandiose qu'une agonie ait paru le toucher un seul moment !

Et tout à coup, au milieu de cette littérature de retraités rancuneux et de bourgeois misanthropes, apparaît une espèce de bonhomme frémissant, chétif et raté, pareil à ces végétaux que l'on cultive sous une tuile à l'abri de l'air et de la lumière. Il s'appelle Salavin. Il est là debout devant son chef, en présence de la Présence, comme dit Kipling. Et ce qui le fascine, c'est la chair de cet individu, un homme après tout comme lui, en face de lui, dont il est séparé par d'infranchissables abîmes. Il ne peut plus se retenir. Ce frère au delà de la fissure, il lui faut à tout prix le vérifier ! Il avance la main, il lui touche l'oreille...

Toute l'œuvre de Duhamel se résume dans cet émerveillement et dans ce contact.

C'est déjà la préoccupation de l'autre homme, l'idée d'un contact à établir, qui avait réuni pour quelques mois et pour l'élaboration d'une formule de pensée commune, les cénobites de l'Abbaye. Et puis la guerre vient. Voilà le chirurgien Duhamel au travail. Cette chair humaine, dont il ne cessera jamais d'avoir la sensation, on la lui apporte par tombereaux et par wagons. Il lui faut retrousser ses manches, il lui faut se mettre dedans, les deux mains dedans, non pas seulement les mains mais les yeux, des yeux garnis de fortes lunettes ! et avec les yeux toute la science, toute l'intelligence, tout le cœur ! La littérature courante du siècle passé est responsable de bien des inepties, elle a découpé dans le carton bien des idoles. Une des plus ridicules est celle du savant impassible et féroce, maniant ses outils avec l'indifférence d'une machine, le héros au cœur de pierre dont l'attitude grandiose et théâtrale est responsable de tant de « planches d'anatomie » prétendûment psychologique et morale. En réalité le savant reste un homme, il est un homme plus complet. L'expérience, les connaissances qu'il a acquises, ne lui servent qu'à mieux comprendre le sujet qu'on a placé entre ses mains artistes et bienfaisantes. Pour l'ignorant ce n'est là qu'une viande grossière et répugnante. Pour le savant, c'est une merveille de délicatesse, de sensibilité et de mystère, pour laquelle il ressent à la fois la sympathie d'un ouvrier et l'intérêt d'un explorateur. Aucun dégoût.

Un carabin souvent cité a déclaré qu'il n'avait jamais rencontré l'âme sous son scalpel : Duhamel a eu l'expérience contraire. L'âme de tous ces martyrs qu'il a interrogés avec le fer, elle lui a répondu. C'est elle désormais qu'il cherchera au travers de tous ces ambulants, de tous ces visages usés par l'expérience et élaborés par le destin, que la vie pousse à sa rencontre.

C'est elle qu'il trouvera sous toutes ces armatures que son regard affectueux et attentif de clinicien dépouillera non seulement de leur habit et de leur prétention, mais de leurs peaux. Il leur touchera l'oreille. Il leur répétera le mot qu'il se souvient peut-être d'avoir lu autrefois dans un petit livre : *Eppheta !* Ouvre-toi !

Et cette enquête aboutit profondément à une déception et à une tristesse. Eh quoi ! cette sympathie humaine dont il sent obstinément en lui qu'elle est la vérité, et à laquelle j'aime mieux donner son vrai nom, qui est la charité, elle n'aboutira à rien ! elle ne passera pas ! elle dont on dit qu'elle est plus forte que l'enfer, elle ne réussira pas à venir à bout de cet enfer de froid, de convention, d'égoïsme et de médiocrité ! La nature n'a-t-elle fait notre chair si sensible que pour se rétracter douloureusement à tout essai d'un contact prolongé ? Telle est l'épopée de Salavin, aussi amère que celle de Don Quichotte. Et l'enquête plus vaste des Pasquier, sur le terrain de l'amour, de l'art, de l'amitié, de la famille, elle aboutit au même résultat. « Tu mourras seul », dit Pascal. Il aurait dû dire, et c'est bien pis : Tu vivras seul.

Cette conclusion, Duhamel, dans son cœur, ne l'accepte pas, il sait qu'il a une clef dans la main. Quelle clef ? celle dont parle Rimbaud.

Car il y a une clef : il y a moyen de passer au delà de cette enveloppe nécessaire, désespérante et en apparence infranchissable de la chair. Il y a un feu caché sous cet horrible déguisement et sous ce poil. « Les mains, les mains sont d'Esaü, dit le patriarche; mais la voix, la voix est de Jacob. » Et c'est cette voix à qui notre ami tend son oreille non pas seulement de savant mais de musicien.

LA CHANSON FRANÇAISE

Mon collègue et bien cher ami Brugère me dit que les Canadiens n'ont pas tout à fait perdu le souvenir du vieil ambassadeur qui, autrefois, est venu à deux reprises leur porter le salut de la France ancienne, et contempler les assises de cette France nouvelle qui s'édifie, solidement fondée sur la langue et la religion, sur les deux rives du Saint-Laurent. Depuis, ma pensée se reporte bien souvent à cette terre puissante où les vertus antiques ont pris de nouvelles racines et où la famille, sans desserrer ses liens consolidés par l'épreuve, s'est élargie aux dimensions d'une patrie dont la charte est un sacrement. Par les échos qui, de temps en temps, m'en arrivent, par ceux en particulier que me portait, il y a quelque temps, votre vénéré cardinal Villeneuve, je sais que l'on aime là-bas à écouter la voix d'un poète qui a puisé son inspiration non pas dans les traités de rhétorique, dans la prosodie des auteurs païens et dans ces manuels d'une galanterie surannée que nous ont légués les siècles périmés, mais dans le chant des psaumes autour du lutrin de son village, dans la véhémence du prédicateur chrétien, dans la complainte du laboureur qui au travers d'une terre consacrée renouvelle le sillon de l'espérance, et dans le conseil de l'alouette. Aussi, appelé de nouveau par la bienveillance d'un ami à me rapprocher de mes frères du Canada et à m'asseoir à leur foyer, c'est de la chanson française, de cette chanson qui comme un vin généreux a si souvent réchauffé le cœur de leurs pionniers et doré, si je peux dire, de sa naïve douceur les lèvres des aïeules et des fiancées, c'est de cette chanson, patrimoine des simples et des braves, que je voudrais vous dire quelques mots. Je sais que souvent oubliée dans le vacarme des grandes villes, elle a gardé au Canada le prestige et la sainteté d'un trésor national.

Le XVIIe et le XVIIIe siècles qui ont vu l'implantation et le développement de la Nation Française au Canada n'ont pas été pour notre poésie des siècles pleinement heureux. Certainement, nous devons à Racine, à Chénier et surtout à La Fontaine, les accents purs et modulés d'une langue parvenue à la suprême fleur de la délicatesse et de la politesse. Mais déjà quelques-uns de nos auteurs les plus illustres sentaient que la poésie n'est pas uniquement faite pour donner expression aux détonations et aux fusées de l'esprit, aux artifices du langage, aux démarches enveloppées de la politique, de la courtoisie et de la satire. Déjà du temps de Molière le cœur réclamait ses droits, quelque chose, si je peux dire, à pleins poumons, quelque chose qui engage et qui fasse retentir et entendre l'homme tout entier, et non pas fait seulement pour être curieusement débité dans un salon par des lèvres disertes, mais pour sonner vaillamment sur le front des armées et sous le dôme du ciel bleu, pour faire pleurer les femmes et sourire les enfants. Au ridicule sonnet d'Oronte, le Misanthrope n'hésite pas à préférer la vieille chanson du roi Henri et j'ose dire que je suis entièrement de son goût.

L'histoire littéraire rédigée par des gens d'esprit étroit et à parti pris comporte d'étonnantes lacunes et de monstrueuses injustices qui la défigurent. C'est ainsi qu'elle a fait une place ridiculement exagérée à des œuvres dépourvues de toute valeur comme les romans de Stendhal et qu'elle n'en réserve aucune au puissant mouvement de fiction et d'invention qui d'Auguste Maquet à Erckmann-Chatrian en passant par Eugène Sue, Paul Féval et Jules Verne, est un des phénomènes les plus intéressants du XIXe siècle, et auquel on ne trouve d'analogue que la floraison des Chansons de Geste au Moyen Age. De même au XVIIIe siècle sous la rubrique *Poésie*, on trouve des noms comme celui de Voltaire ou de Jean-Baptiste Rousseau (Grand Dieu ! j'allais ajouter Corneille !) qui sont la négation même de toute sensibilité et de toute imagination, et l'on ne s'aperçoit pas que cette époque a donné à la France le bouquet merveilleux et incomparable des chansons populaires. Il a été de bon ton de s'extasier sur les lieder allemands et sur les ballades écossaises, et les traités professoraux ne contiennent pas une ligne sur ces trésors de fraîcheur, de gaieté, de rêve et de sentiment, sans parler de cet excellent langage imprégné de la sève même de notre terroir, que sont ces chansons dont le rythme et la mélodie à cette seule évocation, chers frères lointains, bourdonne dans votre mémoire et mouille vos yeux d'une larme attendrie. Le cœur des enfants, comme celui des hommes et des femmes, est obstinément sourd à tant de déclamations alambiquées, à tant de tirades pseudo-héroïques, à tant de préciosités et d'artifices, dont on a essayé de leur bourrer l'estomac. Mais qu'ils entendent des refrains comme *Au pont du Nord* ou *Auprès de ma blonde* ou le *Chevalier du Guet*, aussitôt l'âme s'émeut, l'œil s'éclaire et les divines portes du rêve, de la fantaisie et de ce que Dante appelait « le bel amour » s'ouvrent devant nous. A l'écho de ces chantres anonymes, nous devenons des hommes en redevenant des enfants. La voix de nos pères et celle des petits garçons et des petites filles qui grimpent avidement sur nos genoux pour nous écouter se mêlent à la nôtre. Le passé se ranime, la musique imprègne d'elle-même ces paroles qui ne doivent rien à la convention et qui sortent directement du cœur, nous nous mettons presque sans nous en apercevoir à chanter; oui, c'est comme cela, nous autres Français, que cela plaise ou non aux Anglais ou aux Turcs, que nous aimons, que nous rêvons, que nous parlons tout seuls à Dieu, à la nature, à cette jeune fille au doux visage dont nous allons saisir la main. Là-bas, c'est le clocher de Senlis, c'est la forêt d'Ardenne, c'est le donjon de Normandie et de Bretagne, c'est le chemin par où passent saint Louis et Jeanne d'Arc, tandis que Villon et Verlaine grimpent sur le talus pour les regarder : et c'est aussi la rude forêt illimitée, le fleuve immense que remontent, la pagaie en mains et le mousquet en bandoulière, les héroïques compagnons de Cavalier de la Salle et du Père Marquette. Ce n'est pas seulement la croix et l'épée que nous avons apportée au désert américain, c'est le rossignol intérieur, c'est un certain ton de la voix, une certaine nuance de la couleur musicale, pareille aux fonds de nos vieilles tapisseries, qui reste mêlée comme un timbre indélébile à notre *parlure* française. Réservez, conservez ce trésor, frères Canadiens ! Le jour où la musique mécanique, ou le dur jazz américain vous aura fait oublier la parole vivante de vos pères, ce jour sera un triste jour pour la nouvelle France entre Montréal et l'Acadie, et j'espère de tout mon cœur qu'il ne viendra jamais.

Car, quoi que les pédants en disent, non, la chanson française n'est pas morte. Sous la tyrannie sanglante de la Révolution et de l'Empereur Corse, on n'a pas réussi à l'étouffer, elle a produit des chefs-d'œuvre comme *Cadet Roussel* et *Monsieur Dumollet,* comme les chansons des réfractaires : sous la Restauration, c'est le *Roi Dagobert* et *J'ai du bon tabac.* C'est le recueil des chansons de Béranger, où l'on trouve tant de belles choses mêlées aux inspirations d'un anticléricalisme imbécile. Ce sont les refrains de Pierre Dupont, si justement admirés par Baudelaire. Plus tard, c'est l'amusant Gustave Nadaud et tous les joyeux flonflons de l'opérette. Et de nos jours même, c'est au rythme de la *Madelon* mêlé à celui de la *Marseillaise,* que les paysans et les bourgeois de France ont refoulé l'envahisseur. Comprenez, amis Canadiens, que la poésie et la musique, pas plus que le dessin, ne doivent être l'apanage des lettrés et de ces gens désœuvrés de l'écritoire que Rimbaud appelle les *Assis.* Tout le monde a le droit et le devoir de chanter. Toute action, tout sentiment, doivent avoir sur nos lèvres un écho. Il ne s'agit pas de faire quelque chose de beau, l'idée de la beauté et du succès doit être aussi absente de votre cœur qu'elle l'a toujours été de celui des artistes naïfs vraiment grands. Il s'agit de faire plaisir à cet habitant intérieur que nous logeons en nous. Ah, vous n'avez qu'à essayer, vous verrez qu'il n'est pas difficile à mettre en branle, il suffit d'un tout petit air de flageolet ! J'ai souvent retrouvé dans nos vieux châteaux de France ces albums où nos grands'mères, d'un crayon consciencieux, maladroit et fervent, avaient retracé les spectacles familiers et les figures chéries. Et j'y ai toujours trouvé une qualité d'émotion et de charme que la triste photographie est impuissante à fournir. Et mêlées à ces albums j'y ai trouvé aussi des chansons où la sensibilité et la bonne humeur de nos aïeux célébraient les événements de la famille et les rendez-vous de l'amitié. Conservez, chers amis, cette tradition. C'est l'Église même, par la voix des apôtres, qui nous invite à chanter non seulement dans les temples où résonnent tant de beaux cantiques latins et français, mais dans ces petits sanctuaires que sont vos belles familles. Dès qu'il y a un rayon de soleil, l'alouette monte au ciel en chantant. Que ne doivent pas faire nos cœurs catholiques, continuellement éclairés par le soleil de la vérité ?

28 mai 1937.

AUX JEUNES GENS DE 1938

Mes chers Amis,

Ma coopération de cœur et de prière, vous l'avez, bien sûr ! Quant à ma coopération de fait, ou, en tout cas, de parole, je dois vous le dire, ce n'est pas de très bon gré que je me suis laissé entraîner à vous la donner, cédant à l'insistance affectueuse de votre président, M. de Peretti. J'appartiens, en effet, à une génération, elle-même plus qu'à demi périmée, que plusieurs générations, non seulement décimées mais ensevelies, plusieurs épaisseurs d'idées non seulement passées, mais dépassées, et, je l'espère, surpassées, séparent de la vôtre. Les circonstances, jointes à mes goûts personnels, ont toujours fait de moi un isolé, et je dois vous avouer avec une franchise cynique que personnellement j'ai toujours eu horreur des groupes, des équipes, des camaraderies et des mouvements d'ensemble. Je suis bien loin de dire ou de croire que j'ai eu en cela raison. Je suis même convaincu que j'ai tort; je crois que tout ce qui rassemble les hommes et les âmes, fût-ce un orphéon ou une société de gymnastique, tout ce qui substitue à une vague et platonique bienveillance une fraternité agissante, le plus souvent difficile et méritoire, est chrétien. L'Écriture d'ailleurs a dit : « Malheur à l'homme seul», malheur à l'homme qui ne se réchauffe pas au contact d'une autre chair vivante, d'une autre âme comme la sienne pleine d'interrogations et de besoins, malheur à l'homme qui n'est nécessaire à personne et à qui personne n'est nécessaire, et qui n'est pas capable de transformer l'obligation sociale en charité consciente et active. Mais il y a aussi des natures, et il y en a toujours eu, qui, pour se développer, ou plutôt pour développer la chose qui est en eux et qui ne leur appartient pas, ont besoin d'une longue période d'isolement, et non seulement d'un noviciat, comme celui qui a toujours existé à l'entrée des ordres religieux, mais d'une espèce de carapace protectrice. Qui sont sensibles au danger de manger leur blé en herbe, de sortir trop tôt des idées vertes et un personnage informe, d'épuiser l'avenir au profit de l'immédiat, la pensée au profit de la parole, l'action équilibrée, persévérante et adroite au profit d'une agitation nerveuse. Qui hésitent, en un mot, à réduire encore par l'effet de leur propre volonté cette part de silence que les circonstances nous mesurent déjà si parcimonieusement, et qui est la condition de notre entretien avec Dieu et de notre fruit à l'égard du prochain.

Je rougirais, mes chers amis, de vous apporter dès le début de mon discours des réflexions aussi maussades et d'aspect aussi décourageant, si elles étaient autre chose que, dans mon cas personnel, des excuses et une espèce de dièze à la clef des sentiments que je vais, non sans hésitation, vous proposer. Chaque génération à sa tâche. L'Ecclésiaste nous dit qu'« il y a un temps de disperser les pierres et un temps de les rassembler». Pendant les longues années de ce combat qu'ils ont eu à soutenir, vos prédécesseurs ont eu pour tâche de mettre de l'ordre dans leur propre maison, d'organiser la résistance contre un ennemi à la fois brutal, insidieux, divers, omniprésent, qui ne trouvait en eux-mêmes que trop de connivences. Dans l'étrange ménagerie de notre for intime vivent à la fois non seulement le bœuf et l'agneau, mais des animaux féroces que nous ne pouvons nous vanter d'expulser facilement. Mais le prophète nous apprend qu' « un petit enfant les mènera », qu'il les mènera tous ensemble, ce petit enfant que nous venons d'adorer à Noël entre les bras de Sa Mère.

Cette période de lutte, maintenant on peut dire qu'elle est finie, et la terre à nos pieds est jonchée des dépouilles de Croquemitaine. Comme nos ancêtres après la découverte de Copernic et l'invention du télescope, après un premier moment de surprise et de désarroi, nous nous sommes habitués à vivre dans un monde agrandi. Nous nous sommes habitués à ces horizons inépuisables. Si loin que s'étendent les regards de la science, nous savons que, d'une part, il n'y aura jamais assez de mondes pour louer Dieu, une multiplicité et une complexité de mouvements assez grandes pour nous fournir dans la durée un équivalent de l'éternité. Et, d'autre part, comme dit Pascal, nous comprenons que toutes les grandeurs quantitatives sont comme rien à côté d'un mouvement de charité, de par ce fait qu'elles appartiennent à un ordre différent.

Nous avons, en second lieu, déchiré les mailles de cet étroit et ridicule déterminisme où le scientisme du XIXe siècle voulait nous enfermer. La science n'est pas cette explication de l'univers dont déjà se moquait le poète classique :

> Je veux tout expliquer, ne pouvant rien connaître.

Elle est, comme l'avoue aujourd'hui l'école de Vienne, pas autre chose qu'une représentation, plus ou moins grossière et schématique, des faits et phénomènes qui nous entourent, et un manuel d'utilisation des circonsstances et des forces que l'étude met à notre disposition. C'est tout. — Et nous savons, en outre, que la liberté de l'homme plonge de toutes parts ses racines dans la spontanéité de la nature sollicitée par l'esprit, pareille à un ouvrier qui travaille sur un plan qu'on lui a fourni.

En troisième lieu, nous avons repris confiance dans l'Écriture qui est la parole de Dieu. Toutes les découvertes de l'archéologie tendent à nous prouver que pour des parties de plus en plus reculées du récit biblique, nous nous avançons sur un terrain sûr et vérifié, que domine en linéaments de plus en plus accusés l'ombre d'un Rédempteur. Et ce Rédempteur Lui-même, au moment où les Renan, les Loisy, tout le ban de l'exégèse libérale, incroyante, protestante et moderniste, s'efforçaient d'en exténuer jusqu'à l'évaporation totale la divine image, voici qu'un document extraordinaire nous est mis entre les mains que je ne craindrai pas de comparer à un cinquième évangile. Non plus un récit de la vie et de la passion du Christ, mais le Christ Lui-même, la photographie du Christ : *Vide, Thoma, vide latus ! Vide pedes atque manus !* Je parle de cette extraordinaire révélation du Saint Suaire de Turin. Nos cheveux se dressent sur la tête à contempler cet effroyable document où le Sauveur nous est livré de pied en cap, de face et de dos; tel que ses contemporains L'ont vu et tel que les bourreaux L'ont parachevé, ce corps déchiqueté par le fouet des satellites comme il devait l'être plus tard par le croc de la critique, ce front couronné d'épines, moins aiguës que la révérence dérisoire de tant de chrétiens, ces mains et ces pieds transpercés, ce flanc ouvert et surtout ce visage empreint sous les meurtrissures d'une majesté formidable, dont nous avons peine à soutenir le reproche. Voilà ce qui était réservé à notre temps, voilà le verbe fait chair. Voilà cette pièce d'identification définitive que réclamait insolemment la police humaine. Celui dont on parlait tout à coup après dix-neuf siècles, Il est là! C'est Moi, dit-il. *Ecce adsum.* Est-ce assez ? Que vous faut-il de plus?

Je vous renvoie à ce sujet au livre définitif, qui ne laisse place à aucune contradiction, que vient de publier un savant de premier ordre, M. Paul Vignon, professeur à l'Institut Catholique. Je vous signale surtout les dernières pages si troublantes de la Conclusion, qui nous laissent entendre que le document sacré renferme en lui la preuve, non seulement de la Passion telle que la relatent les quatre Évangiles, mais de la Résurrection, de cette résurrection sur laquelle, au dire de saint Paul, repose tout l'édifice de notre foi.

Ainsi donc, après deux siècles de longue et douloureuse recherche, par une espèce de coup d'État et de coup de tonnerre, le point final est mis au doute et à la discussion. Voilà à quoi, chacun partant de son côté et de tous les côtés de l'horizon, voilà à quoi nous sommes parvenus, voilà les nouvelles, l'une par l'autre confirmées, que nous nous sommes réciproquement apportées. Vous, nos héritiers, voilà le domaine que nous vous laissons, un domaine, non seulement affirmé par la foi, mais confirmé par la raison, par l'investigation et par l'épreuve. Une zone d'émersion qui ne cesse de s'élargir et l'on entend de tous côtés le ruissellement de la mer qui se retire. Ce domaine, c'est à vous maintenant de l'organiser. A la période de défense va succéder une période d'aménagement et de construction. Tous ces chrétiens nouveaux, toute cette « jeune postérité » au seuil d'une nouvelle ère et de nouveaux problèmes, est-ce qu'ils ne vont pas trouver d'autre moyen d'être ensemble que par le fait du hasard ? Est-ce qu'ils ne vont pas cesser d'être une foule pour devenir un corps ? Est-ce que notre foi, est-ce que notre christianisme, est-ce que notre fraternité en un seul Père, ne vont se traduire que par quelques consignes, par quelques pratiques disjointes et affadies par l'habitude ? Est-ce que nous allons nous contenter d'être des satisfaits, les rentiers de la Foi, au lieu d'être les candidats de l'Amour ? Est-ce que cette vérité dont nous avons reçu le dépôt et qui n'est pas autre chose qu'une semence, nous allons nous contenter de lui faire prudemment sa part, et ne sentons-nous pas qu'elle est puissante à tout remplir, tout ce qui en nous est capable de pensée et d'action ? Est-ce que nous n'allons pas essayer d'être tout entiers chrétiens ? Est-ce que nous n'allons pas essayer, suivant le conseil du Christ, d'être vraiment Un, d'être pratiquement Un, comme Lui et Son Père ne sont qu'Un ? Et est-ce que je réussirai à être Un à moi tout seul ? La Vocation de tout être vivant est de se réaliser : or, nous ne pouvons nous réaliser pleinement en tant qu'individus, mais seulement en tant que membres d'une société et d'un corps en service d'une âme. C'est cette passion de la matière humaine pour sa forme, c'est ce besoin de tous éprouvé par chacun, qui est le grand phénomène consécutif à la guerre, et que les régimes totalitaires, institués sous des formes différentes et apparentées en Russie, en Allemagne et en Italie, ont essayé de satisfaire par la violence et la tyrannie. C'est le même besoin qui existe en France et qui est ressenti par nos jeunes générations. Et j'ose affirmer, contre les vraisemblances superficielles, que c'est la France seule qui est capable de lui donner sa réalisation vraie, parce que, de tous les pays, c'est la France qui est le plus profondément imprégnée de cet esprit chrétien dont le nom est universalité, catholicité. Alors cette fraternité humaine, qui figure, la troisième, après la liberté et l'égalité, sur notre devise nationale, nous qui croyons la même chose, nous qui sentons, nous qui voulons et qui pensons la même chose, pourquoi est-ce que nous n'essayerions pas tout de suite d'en faire l'apprentissage ?

Je suis en train de lire en ce moment un livre du plus grand intérêt, rédigé par l'historien belge Henri Pirenne et intitulé *Mahomet et Charlemagne.* L'auteur affirme et prouve que l'antique communauté romaine s'est prolongée beaucoup plus longtemps qu'on ne le croit d'habitude et qu'elle n'a pris fin réellement que par l'intervention de l'Islam, quand la Méditerranée au lieu de servir de lien entre les peuples a créé entre eux une lacune presque infranchissable.

Eh bien ! le même phénomène est en train de se produire de nos jours pour des raisons historiques, économiques et politiques qu'il serait trop long d'énumérer et d'étudier. Le monde s'est divisé en compartiments étanches, en autarcies, à l'intérieur desquelles les différentes nations se sont vues obligées à chercher arrangement. A une période de conquête succède une période d'aménagement. A une période d'exploitation une période d'administration. A une expansion extérieure une prise de conscience intérieure, une espèce de condensation et de rationalisation de la société et de ses ressources.

Sur quelles bases doit s'accomplir ce travail de reconstruction, nous ne manquons pas de théories et de théoriciens, d'imaginatifs et de calculateurs, pour nous les proposer. Mais nous, catholiques, nous avons cet avantage de posséder des principes fermes, ces principes fermes de modération, de justice et de charité, qui sont ceux de notre foi et qu'ont développés les deux immortelles encycliques que vous avez lues et étudiées. Ils se résument dans ces deux préceptes que saint Jean ne cessait de répéter à ses disciples : « Ne faites pas aux autres ce que vous ne voudriez pas qu'on vous fît. » Et : « Mes petits enfants, aimez-vous les uns les autres. » Or c'est peu de nous aimer en parole, si nous ne nous aimons pas en action.

Personnellement je suis porté à croire qu'il y a bien moins une question sociale que des questions sociales. Il s'agit bien moins de créer une société idéale que de résoudre tant bien que mal des problèmes contingents, immédiats et concrets. Plutôt que de barboter indéfiniment dans des discussions auxquelles se plaisent les Russes et qu'ils appellent *razgovor*, sur le capital et le travail, sur les droits de l'État et sur ceux de l'individu, nous ferions beaucoup mieux de nous servir des moyens, si modestes qu'ils soient, que nous avons à notre disposition pour nous attaquer aux questions urgentes qui nous pressent : celle du chômage, la plus angoissante de toutes, celle de l'habitation ouvrière, celle des familles nombreuses, celle du crédit collectif, celle de l'alcool, celle de la prostitution, celle de l'éducation, celle de cette éducation impersonnelle et inhumaine dont vous sortez tous, jeunes gens et jeunes filles qui m'écoutez, abasourdis et meurtris. Comme écrivain, je reçois à peu près tous les jours des livres, des manuscrits, des paquets de vers qui ne valent pas le papier sur lequel ils sont tracés. Je m'étonne qu'au lieu de se perdre en balbutiements informes, les jeunes gens ne se consacrent pas au plus grand des arts, qui est à la portée de chacun, celui auquel la poésie et la musique nous servent d'introduction, l'art social, l'art de l'homme, celui auquel nous conviaient nos ancêtres gaulois, quand ils représentaient leur dieu comme un homme de la bouche de qui sortait une chaîne d'or. Cette chaîne, mes amis, ce n'est pas de votre bouche seulement qu'elle doit sortir, c'est de votre cœur.

Je ne méconnais pas le zèle et le talent de notre admirable clergé français et des ordres religieux qui l'assistent. Mais je crois répondre à la pensée du Souverain Pontife et de nos évêques, quand je dis qu'à l'œuvre de rechristianisation, de restauration et de récréation de la France, les laïcs doivent avoir une part de plus en plus large et intense. Il faut que toutes les bonnes volontés, jusqu'ici latentes et isolées, trouvent à s'utiliser, que ce soit dès la première heure ou à la onzième. Et parmi ces bonnes volontés il n'y en a pas de plus précieuses que celles des femmes. Il faut que les femmes relèvent cet étendard de Jeanne d'Arc sur lequel étaient écrits d'un côté ces mots : « Jésus, Marie ! » et de l'autre : « Vive labeur ! »

Vous voyez aujourd'hui sur un tas de réclames et de prospectus cette inscription : « Achetez Français ! » Et moi, jeunes gens, si j'avais une consigne à vous donner, ce serait : « Vivez chrétien ! »

Un homme profondément imbu de la foi chrétienne, c'est comme un flacon qui dégage une odeur. Ce n'est pas moi qui le dis, c'est saint Paul. Et cette odeur, pareille à celle dont le délicat Pharaon, en présence des Juifs, se déclarait incommodé, elle est plus forte que tous les discours.

« Que votre nom soit sanctifié ! » dit la prière que nous récitons tous les jours. Et je vous entends qui répondez d'une seule voix : « Ainsi soit-il ! » Le sens de l'avenir, l'œuvre de l'avenir, c'est que tout ce monde que Dieu a béni et sur lequel Il a écrit Son nom en caractères lisibles, soit sanctifié. C'est que l'Humanité tout entière s'assoie à la même table qui est une table de communion. C'est que nous permettions à Jésus-Christ de remplir Sa mission, qui, nous a-t-il dit, « est non pas d'être servi, mais de servir ». « Avec quoi nourrirons-nous toute cette foule ? » disent lamentablement les Apôtres, montrant à Notre-Seigneur tout ce peuple vide et expectant qui est assis autour de Lui. « Ils n'ont point de pain. » Et alors un enfant apporte son butin qui consiste en cinq morceaux grossiers et deux espèces de harengs saurs. Mais Notre-Seigneur les bénit et de cette provende il fait un pain excellent, ce pain supersubstantiel, dont le paradis nous réserve la saveur parfaite. « Multitude », dit-Il, « *dilata os tuum !* » Ce n'est pas assez que de la bouche du corps, ouvre celle de l'âme, plus large, plus profonde encore !

Et de même, que signifient ces six urnes de pierre que l'échanson montre avec tristesse aux Noces de Cana à Notre-Seigneur pour rafraîchir les convives altérés ? « Ils n'ont point de vin », dit la Sainte Vierge. Et nous non plus, nous n'avons point de vin, nous n'avons que de l'alcool, le fruit dégradé et exaspéré de la vigne. Les Six urnes de pierre et les deux ou trois mesures d'eau à qui nos cœurs, de pierre aussi, servent de récipients, une eau qui n'est bonne qu'à notre purification, ce sont les Six jours de la Création, que répètent nos Six jours ouvriers. « Mon Père travaille », dit le Seigneur, « et Moi, Je ne cesse pas de travailler avec Lui. » Le labeur sous la bénédiction de Dieu devient mérite, l'eau est devenue du vin, ce vin dont Notre-Seigneur Lui-même à la veille de Sa Passion dit qu' « Il ne désire rien tant que de le boire de nouveau avec nous » !

Février 1938.

AUX LÉPREUX
DE L'HOPITAL SAINT-LOUIS

Comment viens-tu, Grâce de Dieu ?
Par la porte, par la fenêtre ?
Par les oreilles, par les yeux,
Par ce souterrain peut-être,
Par ce puits à demi comblé
Où loge la Vérité ?
Comme un aveugle peut-être ?
Un mort à demi réveillé,
Tâtant le mur et l'escalier,
Qui cherche à se reconnaître ?
Ce pas et ce peu à peu,
Est-ce toi, Grâce de Dieu ?

Comment viens-tu, Grâce de Dieu ?
Que tiens-tu, dis-nous, à la main ?
Un diadème précieux,
Une couronne plus ou moins ?
Contre le mal qui nous attire
Le remède de la myrrhe ?
Un peu des fleurs, un peu des fruits
Que produit le paradis
Et le raisin avec la pêche ?
Ou simplement de l'eau fraîche,
Un grand verre plein d'eau fraîche,
Un gros bouquet de roses fraîches !

Cette promesse de bonheur
Qui nous fait battre le cœur !
Que tiens-tu, dis-nous, à la main ?
Est-ce l'étoile du matin ?
Comment viens-tu, Grâce de Dieu ?
— Elle dit : Avec le feu !

Cette porte, c'est trop long !
Celui que l'on m'envoie chercher,
Je sais qu'il est trop bien caché.
Si j'attends sa permission,
J'en ai pour une éternité.
Cet hôte pas invité,
C'est tout de suite et de force
Qu'il se fraie passage et entrée,
Et tant pis pour la triste écorce !
Comment viens-tu, Grâce de Dieu ?
Elle dit : Avec le feu !
Elle dit : Avec la torche !
Je viens pour mettre le tison
Aux quatre coins de la maison !

Comment viens-tu, Grâce de Dieu ?
Elle dit : Avec de l'eau fraîche !
Un gros bouquet de roses fraîches !
Toute la maison est en feu !
Mais toi, mon enfant, n'aie pas peur !
Celui que je tiens dans mes bras
Il est là et je suis là.
C'est Moi, je suis le Seigneur.
Tu souffres, mon enfant, tu pleures !
Et Moi, Je te baise le cœur !
Entends cette parole étrange :
Demain tu seras un ange !
Cette pauvre maison, tant pis
Si je l'ai un peu démolie !
Ce Dieu avec toi, ce frère,
Tu ne l'as pas payé trop cher.
Je suis le feu ! Qui m'a touché,

Il faut qu'il consente à brûler.
Victime, holocauste vivant,
Cesses-tu d'être mon enfant ?
Mon enfant, mon enfant unique !
Et si je t'ai ravi ta tunique,
A quoi servait ce vêtement ?
Il naît, il commence autre chose !
Il commence en toi une rose !
Comment, viens-tu, Grâce de Dieu ?
Elle dit : Avec le feu !
Elle dit : Avec de l'eau fraîche !
Un bouquet de roses fraîches !

Paris, le 20 février 1938.

SAINT JEAN BOSCO

Il est un de ces saints, comme on dit, à qui l'on donnerait le bon Dieu sans confession.

(Et je n'en dirais pas autant de tous les patentés et volontaires de la même profession.)

On voit tout de suite que ce n'est pas seulement un saint, mais un honnête homme.

Il est clair comme un matin de mai, il est rond comme une pomme.

J'aime ces épais cheveux frisés sur son front et cette impression qu'il donne de force et d'agilité.

Partout où ce Bosco met la main, là on sent qu'il y a autorité.

Autorité et douceur, amour de Dieu et amour de tous ces enfants sans père qui sont à Lui.

Partout où il y a des enfants pauvres, c'est à lui !

Cette jeunesse, toute cette pauvreté, avec l'étoile du matin sur le front, voilà, c'était l'Église qu'il souhaite.

Une Église à grands coups de scie et de marteau, puisqu'elle croit, qui travaille et qui chante à tue-tête !

Et lui se tient au milieu d'eux comme Moïse, plein de sagesse, et d'ordre, et de paroles, et de consolations, et de sacrements !

C'est lui qui va refaire le monde, et il sait comment

Gardez vos théories, vous autres, vos disputes et votre gouvernement.

Moi, j'ai tout ce peuple d'enfants autour de moi qui grandit et qui apprend le bon Dieu avec moi.

Tout ce peuple avec moi qui apprend à lire et à se servir de ses doigts.

« Mon père ne cesse point de travailler, et Moi, je travaille avec Lui. »

Écoutez cela, mes enfants, car ce sont les paroles de Jésus-Christ.

Le travail est cette chose où personne ne peut se passer de tous les autres.

Cette tâche à tour de bras tous ensemble de continuer la création, elle est la nôtre.

« Venez à moi, vous tous qui travaillez et qui avez charge sur vous », dit le Seigneur.

La croix, et mon corps quand vous le voudrez à manger, Je vous l'aurais dit s'il y avait quelque chose de meilleur.

Et c'est pourquoi quand la journée est finie, et que la semaine est finie, et que c'est demain dimanche,

L'ouvrier plein de fer et d'huile se lave, il a mis sa chemise blanche,

Et, plein de la réclamation de ce qu'on lui a appris qui est comme du pain et comme de l'eau,

Comme un fils et comme un petit garçon, il se jette dans les bras de saint Jean Bosco.

O père, voici entre vos bras cet homme plein de simplicité et de confiance et de mécanique !

Dites, c'est vrai que nous irons tous au ciel et que nous posséderons la République ?

O père, parce que je sais maintenant travailler et parce que j'ai barbe au menton.

Ce n'est pas une raison pour que jamais entre vos bras je cesse d'être votre petit garçon !

J'ouvre le cœur, j'ouvre la bouche, et vous, père, dites à Dieu qu'il me donne le pain quotidien.

Et qu'il donne à tous nos camarades la justice, parce qu'on est chrétiens !

On a recommencé de croire en Dieu, on a retrouvé à l'église Quelqu'un qui est le plus fort.

On a recommencé de jurer quelque chose à la vie et à la mort.

Parce qu'on est vieux, ce n'est pas une raison pour qu'on cesse d'être des enfants.

Les enfants, les hommes, les femmes, tout cela tient d'un seul tenant.

Tout cela tient ensemble serré, tout cela est tout petit et c'est immense.

Tout cela bouge et tout cela pousse et tout cela colle et tout cela veut ensemble, et tout cela commence !

Priez pour nous, Jean Bosco, patron de l'éternelle adolescence !

Saint Jean Bosco, 31 janvier 1938.

LE PAPE PIE XI

Il est donc mort, une fois de plus, le grand Vieillard du Vatican, et demain un autre homme rouge va devenir à son tour l'homme blanc, coiffer la tiare trirègne, endosser la livrée de l'Agneau, succéder dans ce rôle terrifiant de représentant de Dieu et d'otage dans la main des peuples. Toute cette hiérarchie qui, autrefois, le couvrait et le dissimulait, elle s'est abaissée sous ses pieds. Aujourd'hui, par-dessus les rois et par-dessus les parlements, c'est à l'Humanité tout entière, c'est à ce que la vieille théologie appelle l'Œcumène, la terre habitée, c'est à ces centaines de millions d'oreilles qui communiquent à l'âme d'un enfant de Dieu, c'est à ce clapotement confus de langues et de tribus dont parle l'Apocalypse, qu'une voix toute seule s'adresse directement. Je l'ai entendue jadis, cette parole tremblante, cette adjuration pathétique, qui traversait l'Océan au milieu du pandemonium parasitaire : « *Mes petits enfants*, disait-elle, *aimez-vous les uns les autres ! Est-ce que je suis devenu votre ennemi parce que je dis la vérité ?* » La voici qui s'arrête dans un sanglot au milieu des vociférations italiennes et des éructations germaniques, de toute cette fureur élémentaire et bestiale dont on a peine à distinguer le déchaînement des élocutions de la matière et de ce cri d'une civilisation dont la robe se déchire du haut en bas.

Mais un dernier mot, à la place du solennel discours préparé, s'est envolé de ces lèvres expirantes. Toute la terre l'a entendu. A travers la sauvagerie des instincts fouettés par l'envie, par la convoitise et par la haine, il est descendu dans la profondeur des consciences obscurcies. C'est le mot : PAIX. Et je ne crois pas me tromper en disant que ce mot où se résume tout le testament du Père défunt, c'est celui que le Pontife nouveau va reprendre et resemer aux quatre coins de l'horizon.

Au mois de septembre, le Pape Pie XI avait offert sa vie pour la paix. C'est avec un tressaillement que nous voyons aujourd'hui ce sacrifice accepté.

Saint-Père, montez au Ciel et plaidez notre cause ! Les livres sacrés nous disent que la tunique du Grand Prêtre jadis représentait l'Univers. Que dire de ce linge immense que vous déployez en ce moment à la face de notre créateur ? Le prophète jadis s'écriait : *Quel est celui qui arrive, les vêtements teints de la pourpre de Bosra ?* Ce n'est pas seulement de la vendange juive, de la sève écumante de l'Idumée, que votre linceul est dégouttant. Il ruisselle encore des hécatombes de la Grande Guerre, rafraîchies des tueries espagnoles et des massacres de l'Extrême-Orient. Est-ce que ce n'est pas assez ? Est-ce que la folie humaine une fois de plus va faire éclater la croûte de la planète ? Est-ce que, suivant la parole du prophète, tout ce qui est vert va périr ? Est-ce que la troisième partie de la mer va se changer en sang ? Est-ce que l'Humanité va demander aux montagnes de la couvrir pour échapper à l'averse de feu et de poison ? Est-ce que les rois de l'Orient vont se décider à outrepasser la limite que le fleuve baptismal oppose à leurs calvacades ?

Un mot aujourd'hui les arrête : PAIX ! Il est formé du même souffle qui jadis a dit à la mer : *Tace ! Obmutesce !*

18 février 1939.

LE COURONNEMENT DU PAPE PIE XII

IMPRESSIONS DE ROME

La porte en face de nous qui était fermée, elle s'ouvre. Nous, les trente délégations envoyées de toutes les parties du monde pour le couronnement du nouveau Pape, on nous a rangés à l'autre extrémité de cette galerie qui sert de vestibule à la basilique. Il y a le prince de Piémont et cette ravissante Princesse sous son diadème de pierreries entre ses deux dames d'honneur voilées de dentelles blanches. Il y a la reine Élisabeth de Belgique, le roi et la reine d'Espagne, le roi de Bulgarie, le duc de Norfolk, le président de la République d'Eire, les princes de Lichtenstein et de Luxembourg, l'ambassadeur extraordinaire des États-Unis, des généraux espagnols avec leurs bérets rouges, des Asiatiques en nombre, toute l'Amérique du Sud. Il y a aussi notre nombreuse délégation française, diplomatique et parlementaire, représentant non seulement le Gouvernement, mais le pays tout entier et, derrière elle, plus de soixante députés, sénateurs et conseillers municipaux, qui sont venus spontanément s'y joindre. Demain, sur l'initiative de notre président, M. Champetier de Ribes, ministre des Pensions, nous nous réunirons pour une messe célébrée dans la crypte par notre collègue, l'abbé Desgranges, sur le tombeau de Pie XI. Hier c'est le nouveau Pape qui nous a reçus, je devrais dire qui nous a ouvert les bras, non pas seulement à nous, mais à cette *chère, chère France*, comme il ne cessait de le répéter avec tendresse. Elle est venue, l'heure jadis prévue par Pie X, où les fils retrouvent leur Père ! Et maintenant nous sommes tous là rangés, sous la garde de ces soldats en armures, surmontés de la pique et du casque antiques, tandis que s'affairent autour de nous les camériers de cape et d'épée, en vêtements noirs avec la fraise empesée et le collier d'or. Deux pays seuls font défaut à cette assemblée des nations : l'Allemagne et la Russie.

Nous attendons.

Ce n'est pas seulement le monde entier qui attend, c'est tout le passé humain, ce sont toutes ces générations chrétiennes l'une derrière l'autre, dont il est impossible de pénétrer Rome sans se sentir solidaire. Elles revivent, elles continuent, sous ces costumes, ce cérémonial traditionnels, dans la composition de ces pierres énormes, dans l'élévation majestueuse de ce témoignage que l'univers travaillé par le levain évangélique a fait sortir sur des substructions inébranlables du plus profond de sa substance, une coupole au-dessus du globe !

Toutes sortes d'inscriptions, toutes sortes de pontifes échelonnés, nous ramènent jusqu'au tombeau des deux Apôtres, jusqu'au temps où Rome, de ce sceptre qu'elle tient au milieu de la mer, présidait à la première unification humaine. Et là-bas, c'est l'Égypte au milieu de la place qui dresse son obélisque, ce sont toutes sortes de ruines et d'ossements sous la pioche des démolisseurs qui émergent de la pouzzolane ! Le temps vit ; nous sentons entre nos épaules cette poussée interminable ! Les siècles vivent ! Ils sont là, mêlés à nous, leur délégation à notre tour, et les yeux ouverts, fixés sur cette porte qui va s'ouvrir, prolongent l'attente immémoriale d'Israël. *Car est-ce Toi qui dois venir ? ou en attendons-nous un autre ?*

Et voici la réponse. La porte qui était fermée, elle s'ouvre. Quelle porte ? Ce double vantail de bronze, ou celle dont les clefs ont été remises à saint Pierre par le Fils de l'Homme ? Elle s'ouvre, et, pendant que les trompettes éclatent, dans l'espace béant une vision surhumaine est venue s'encadrer. Notre appel, notre attente immobile, elle a été entendue. Un torrent de siècles, tout le passé mêlé à tout le présent, débouche, descend vers nous les marches du temps, et sur cette coulée, sur ce flot serré de têtes et de visages indistincts apparaît, oscillant lentement comme une barque, un siège, et sur ce siège celui qui y est assis, une forme dans l'ample pli de soie et de neige, qui d'ici où nous sommes à nos yeux se révèle démesurée, et que prolonge encore la haute mitre blanche, consolidation sur le front du Pontife de la flamme pentecostale. C'est le Vicaire de Dieu, la postérité d'Abraham, l'Évêque de Rome, dans le temps la vivante continuation du Messie ! Qu'est-ce qu'il fait ? Il élève la main, il bénit. Il va recevoir sur le pied l'hommage du Chapitre, de tous ces vieillards vêtus de pourpre et d'hermine. Et quand le cortège reprend sa marche, ce n'est plus une mitre blanche qui surmonte l'homme, c'est un losange d'or. Un pinceau de soleil est tombé sur lui, il rutile ! il jette de tous côtés des rayons, Moïse quand il descendit de la montagne ne parut pas plus éblouissant. Et puis le rayon a cessé, et il n'y a plus, s'avançant vers nous sur l'Humanité aplanie, que ce prêtre qui bénit. Nous sommes à genoux.

Après l'hommage liminaire des chapelains, le Pape s'est rendu dans une chapelle latérale pour recevoir celui des cardinaux. Et le voici maintenant, revêtu des ornements sacerdotaux, qui prend séance sur un trône au fond de l'abside derrière le ciborium du Bernin. C'est là que tous les évêques, archevêques et patriarches, viennent lui faire soumission, tenant leurs insignes à la main, pour montrer que leurs pouvoirs n'émanent que de lui seul.

Et la messe commence. Pendant l'introduction, le Pontife reste entre ses acolytes sur son siège blanc, surmonté du trône spirituel que les anges de bronze élèvent au-dessus de sa tête dans le rayonnement du Saint-Esprit. Il lit simplement l'Office dans le livre que lui présentent les assistants. Et pendant les prières, il reste immobile, les mains jointes ou déposées à plat sur les genoux. Ce n'est plus tout à fait un homme, une grâce le transfigure, car on sait que d'après les théologiens, Dieu est présent dans la personne de son Vicaire, sous un autre mode, mais non moins réel que celui de la transsubstantiation. Le voici qui se lève, le clergé l'invite, il se rend à l'autel où le sacrifice est préparé qu'il va offrir à Dieu au nom de tout l'univers. Ainsi le Grand Prêtre jadis, le pectoral aux douze pierres suspendu au cou, qui apportait le sang des victimes à l'*intérieur du voile*.

C'est le moment pour moi de la grande émotion. Et je n'ai pas besoin pour l'exalter de ces fameuses trompettes d'argent dans la coupole qui, pour dire la vérité, m'ont paru d'un effet assez pauvre. J'aurais attendu quelque chose de plus pur, de plus perçant, ou du moins le cri rauque de cette corne de bélier qui servait aux cérémonies de l'Ancienne Loi. Ce ne sont pas les trompettes de la Néoménie; il ne s'agit en fait, vous l'avez entendue à la radio, que d'une médiocre fanfare. Mais ce qui se passe sous le baldaquin de bronze, à l'intersection des quatre voies, enguirlandées de cette promesse d'or jadis faite à la pierre fondamentale, sous cette coupole qui couvre et qui résume le globe, quelle émotion, quel saisissement ! Je pense à tout l'univers catholique, à ce Cénacle fait de quatre cents millions de frères de toutes races, croyants et incroyants, aux malades, aux petits enfants, aux destitués, aux persécutés de toute espèce, à toute cette Église faite de millions de souffrants et d'espérants, à ce raz de marée au-dessous de nous, de tous les morts que soulève l'astre eucharistique, à ce terrible sanglot que résume avec simplicité cette voix toute seule dans le silence énorme qui s'élève : *Pater Noster*, Père, père, Notre père ! Ayez pitié des médiocres, ayez pitié des malheureux, ayez pitié de ce misérable écrivain à vos pieds tout de même qui est le délégué de la France, ayez pitié des Juifs, ayez pitié des bourreaux, sauvez-nous de ce double enfer, également cruel et également hideux, qui s'est déchaîné sur le monde, l'Enfer communiste et l'Enfer raciste ! Agneau de Dieu, qui effacez les péchés du monde, donnez-nous la paix !

Le Pape est revenu à son siège, et il attend, les mains jointes, entre les deux cardinaux coadjuteurs, aux côtés de qui se tient immobile dans son costume noir et le cou auréolé de la fraise blanche, le prince Colonna, assistant héréditaire au Trône pontifical.

Cependant, du maître autel, un cortège s'est détaché. On sait que d'après les rites le Pape communie sur ce siège doctrinal avec lequel il ne fait qu'un. C'est le Christ, sous le voile des deux espèces, qui se rend vers lui, et l'on songe à cette parole de l'Évangile : *Ce n'est pas vous qui M'avez choisi, mais c'est Moi qui vous ai choisis*. Le premier officiant (c'est un évêque allemand, m'a-t-on dit) porte l'hostie (les hosties plutôt, car il y en a trois) sur la patène. Il est escorté de deux de ces gardes nobles, si magnifiques dans leur tunique rouge, que nous avons vus tout à l'heure mettre genou en terre au moment de la consécration. Le second (c'est le cardinal Gerlier) porte, enveloppé d'un voile magnifique, le calice où trempe le chalumeau d'or qui servira à la communion.

Le Pape les a vus venir, il s'est mis debout, et le voici qui les attend à genoux sur le carreau de soie blanche : et l'on songe à ces chapitres de l'Évangile où le pêcheur de Galilée voit son maître qui se dirige vers lui, foulant les eaux de la mer sous ses pieds. *Seigneur, je ne suis pas digne !* Et cependant, ô Pierre, ce calice où ton Seigneur a mis les lèvres, c'est à ton tour maintenant, il faut que tu en aspires le contenu jusqu'à la dernière goutte !

C'est fini ! *Allez, la messe est dite.* Le Pape, entre les deux éventails qui représentent l'haleine du Saint-Esprit, est remonté sur la *sedia.* Et nous, on nous dirige vers la terrasse d'où nous allons assister à l'acte suprême du couronnement.

La place Saint-Pierre, tout à l'heure vide, est maintenant remplie d'une foule compacte, il serait plus juste de dire d'un élément humain, fait de ces milliers et dix milliers de visages tournés vers l'Orient. Les deux bras de la colonnade du Bernin, autour de cet obélisque aigu qui, au centre, indique le ciel, l'enserrent, l'étreignent et, de cette cohue, on dirait qu'ils ne font plus qu'un seul corps aggloméré. Et voici que le cortège papal, là-haut, apparaît, accueilli par une énorme acclamation, à la loggia centrale. Les cardinaux, en mitres blanches, sont assis sous les loges latérales. Quelques paroles latines résonnent dans l'air lumineux, au travers du silence de toute la terre, au-dessus de l'univers qui écoute. Quelqu'un en vêtements blancs a pris entre ses mains la triple couronne, il la dépose, la lourde tiare, sur le front du Pontife incliné. C'est fait : *Habemus Papam !* La foule pleure et crie, et du sein, du cœur du Pontife couronné, se détache une main qui bénit. C'est le Vicaire de Dieu qui absout la création. Ainsi, au

Septième Jour, à l'aurore du premier Sabbat, la dextre du Créateur, quand Il envisage son œuvre, maintenant débrouillée du chaos, et qu'Il déclare *qu'elle était bonne.*

Rome, 12 mars 1939.

L'ENFANT JÉSUS DE PRAGUE

Il s'est passé hier un grand événement. Tandis que toute l'Europe frémissante se demandait si vraiment c'était vrai, si l'Allemagne incorrigible allait recommencer le scandale et la folie de 1914, pendant que l'antique marche de la chrétienté, l'Autriche, gémissait sous la semelle païenne, pendant que du Rhin à la Vistule la parole est devenue un délit et la prédication de Jésus-Christ un crime puni de l'emprisonnement et de pire, pendant qu'une doctrine monstrueuse érige l'animal, c'est-à-dire la Bête, sous sa double forme de bestialité et de bêtise, à la place de l'Esprit-Saint, tandis qu'un flot immonde d'outrages et de blasphèmes vient déferler sur les degrés mêmes du Vatican, au centre de l'Europe, au-dessus d'un seul peuple fait de millions de croyants de toutes races et de toutes langues, dans cette cité magistrale qui célèbre le 900e anniversaire du jour où saint Etienne a élevé son trône sur la dépouille d'Attila, un signe resplendissant est apparu entre les mains d'un vieillard, l'ascension de ce même soleil de vérité devant lequel les prétentions humaines n'ont que le choix de s'abattre ou de s'incliner. Car ce n'est pas à la croix gammée qu'a été faite cette promesse : *In hoc signo vinces !*

Et moi aussi, poète catholique, je suis par la pensée

à Budapest et je m'unis à l'hommage de mes confrères de tous pays qui élèvent leur regard et leur voix vers le Saint Sacrement. Mais me sera-t-il permis de dire que ma pensée va spécialement aujourd'hui à cette nation chrétienne à laquelle me rattachent tant de liens, qui pendant plus d'un siècle a infatigablement confessé le Christ et revendique le droit sous les pieds d'un triple envahisseur, je veux dire la Pologne ? Tous mes amis de là-bas n'ont pas oublié qu'au plus sombre de cette histoire héroïque, en 1913, quand la résurrection semblait le plus invraisemblable des miracles, il y a eu un poète français pour proclamer sa foi dans *le Peuple divisé.*

La Providence a relevé la Pologne, elle l'a sauvée le jour de l'Assomption des barbares moscovites, mais le miracle impose des devoirs. La Pologne est de ces peuples qui ne subissent pas une destinée, mais qui épousent une vocation. Et voici le jour que Dieu fait d'elle, comme au temps de Sobieski, l'arbitre de l'Europe, l'épée et le bouclier de la chrétienté. Jadis elle a sauvé le monde du Croissant. Hier elle a refoulé la Faucille et le Marteau. Maintenant c'est le tour de la Croix Gammée. C'est Odin et les cavales sauvages du Walhalla qu'un seul geste de sa main gantée de fer, comme aux jours de Tannenberg, suffirait à refouler dans leur caverne. Car la France et l'Angleterre et l'Amérique et les autres pays, au nombre desquels il est douloureux de ne pas compter l'Italie, feront sans doute leur devoir, mais ils sont trop loin et le danger est immédiat.

Je n'ignore pas les malentendus et les rancunes qui séparent les deux rameaux de la race slave. Ils sont tels qu'un étranger a de la peine, comme on dit, à les réaliser. Mais parce que deux frères ont des discussions d'intérêts, ce n'est pas une raison pour que l'un d'entre eux prête les mains, au moins par son abstention, à l'assassinat de l'autre qui ne sera qu'un prélude à son propre égorgement. La Bohême est la citadelle, le réduit central de l'Europe, la *Montagne blanche* où jadis est venue se briser la marée protestante. Si ce bastion fléchit, l'envahisseur n'a plus devant lui qu'une plaine, tout lui appartient jusqu'à la Mer Noire, et la Pologne, coupée de ses communications, encerclée entre les deux grands Empires païens, n'a plus que le choix entre la capitulation et la plus humiliante vassalité.

Je ne parle pas ici en diplomate. Et cependant un regard sur la carte suffit pour se rendre compte de l'importance capitale de la position que la Providence a confiée à nos alliés. Dans le grand barrage, fait de multiples éléments, qui va du Golfe de Finlande à la Mer Noire et qui s'interpose entre ces deux formes également hideuses de la barbarie, le racisme et le marxisme, la Pologne constitue la pièce maîtresse. On a comparé la Bohême actuelle à une tête placée entre les mâchoires d'un loup. Mais de ce loup la Pologne à ce jour contient solidement la double avancée qui a nom Prusse Orientale et Silésie. Je laisse de côté la question soviétique. L'Empire du Tsar Staline se débat actuellement dans des difficultés intestines qui l'ont réduit à l'impuissance et les arrangements que certains pays ont cru intelligent de conclure avec lui n'ont qu'une valeur conditionnelle et, à dire le vrai, négative. On ne compte en rien sur la Russie. On ne lui demande que de se tenir tranquille.

Mais la Pologne ?

Quand éclata par la volonté de la seule Allemagne la guerre de 1914, un journal de Berlin s'écria :

Nous allons voir si Notre-Dame de Lourdes va protéger la tête de ses Français ! C'est la même voix sans doute, ou une autre, sortie des mêmes bas-fonds, qui l'autre jour couvrait des plus grossières injures Notre-Dame de Czentochova. J'ai eu longtemps dans mon bureau l'image de cette Vierge noire qui tient un enfant sur son bras. Où est-il aujourd'hui, cet enfant ? Il est à Prague ! C'est cet *Enfant Jésus de Prague* dont la chrétienté tout entière vénère l'innocente image. La Pologne verra-t-elle sans frémir le paganisme germanique s'installer dans la ville que couvre de sa protection l'*Enfant Jésus de Prague ?* Cet enfant même dont un poète a écrit : *Quand il est avec nous, nul mal ne nous arrive.*

Car Prague n'est pas seulement la cité de Jean Huss, elle est celle de saint Jean Népomucène et de saint Wenceslas, celle que couvre de son ombre la cathédrale du Hradschin. Et elle est surtout celle de l'Enfant Jésus.

Paris, 25 mai 1938.

L'AVION ET LA DIPLOMATIE

Il la survole. Entre les nations il raccourcit la distance physique, mais que penser de la distance morale ? La radio elle-même, plus immédiate encore, qui utilise un élément plus subtil et plus spirituel que l'air même, et qui en quelques tours de bouton nous abouche à toutes les voix de l'univers, elle a démesurément élargi la sphère de notre intérêt, est-il sûr qu'elle ait dilaté celle de nos sympathies, ou même celle de notre intelligence ?

A cette question, le nationalisme exaspéré qui partout a coïncidé avec le développement et l'accélération des moyens de communication, se charge de fournir une réponse. On dirait que les hommes, plus ils se connaissent et moins ils s'aiment. Plus ils se touchent et plus ils se rétractent, plus ils prennent une conscience exclusive d'eux-mêmes, plus ils s'attachent à leur caractère propre et à leurs différences fondamentales. Il n'y a pas d'invitation extérieure qui ne provoque une réaction dans un organisme non préparé. La frontière, vue d'une hauteur de 1.000 mètres s'est dissoute, le frisson de l'éther se propage librement d'un pôle à l'autre. Aussitôt il intervient quelque chose comme l'instinct de la conservation. Chaque peuple sent qu'à tout prix il a une vocation nationale à préserver et que la loi doit suppléer aux déficiences de la nature. L'Amérique, l'Australie, le Canada ferment leurs portes. Aux courants humains se substituent des mares étales et stagnantes. On voit s'installer sur une immense échelle ces castes cloîtrées, ces « nations ermites » qui étaient jusqu'ici la spécialité de l'Orient. « Je voudrais — écrit le sage Laotzeu — que les villages ne se connaissent plus entre eux que par le chant de leurs coqs. » Et de même de grands peuples juxtaposés se sont placés eux-mêmes en interdit. De gré ou de force ils ont lâché l'effort individuel; on voit partout s'aligner des masses totalitaires, manœuvrant en cadence sur une ritournelle. Ils se sont placés entre les mains de gouvernements paternels qui se chargent de leur pitance intellectuelle et morale, du régime qui convient à tous ces mineurs, du *dole* minimum qu'il faut à toutes ces couches oisives. « L'art de gouverner les hommes — dit encore Laotzeu — est de vider les têtes et de remplir les ventres. » La première partie du moins de ce programme commence aujourd'hui à être assez bien réalisée.

Et tout à coup, très haut dans le ciel, on entend comme un bourdonnement d'abeille. Une petite croix noire, là-haut, se dessine sur l'azur. Le reclus européen lève la tête. C'est l'avion qui passe.

Ainsi, là-haut, il y a des hommes libres ! Au-dessus de tous les cadres, il y a quelqu'un de libre au sein de la troisième dimension et de cet élément illimité que l'homme a conquis d'un seul coup ! Il est tout seul, à la mesure de ses ailes, il ne dépend plus que de son moteur et de son hélice. Il passe partout. Rien ne le barre. Il aspire son support. Il se soutient sur rien, de par le mouvement qu'il crée. Il patine, le ventre sur de la musique, dans une interminable série de décrochages et de raccrocs. Il va tout droit d'un point à un autre. Tout autour de lui est devenu navigable. La terre, pour l'avion, se réduit à un champ d'atterrissage, à cette motte qu'il effleure de ses trois roues, à ce sac postal à échanger contre un autre sac postal, à ce tuyau qu'on lui enfonce dans le ventre un moment pour l'alimenter. Il pénètre partout comme un ange subit et puant. Comme un coureur décelé par l'odeur de ses aisselles, le voici avec nous pour quelques minutes, brûlant, haletant, trépidant, embaumant l'huile. Et puis, tout à coup, ça s'est remis à tourner, il repart dans un rugissement. Il a pris du champ, il décolle, et voici l'énorme engin, établi et vacillant sur sa propre pesanteur, qui passe au-dessus de nos têtes et qui, en ligne oblique, fait l'ascension de l'infini. Bon voyage ! Nous autres, nous restons.

Nous restons, mais ce vrombissement du gros moustique nous est resté dans l'oreille et chaque jour nous attendons sa visite aussi régulière que celle du facteur. Une ombre passe sur nous, il y a une piqûre dans le sentiment de notre sécurité, un agacement, un malaise, une démangeaison qui persiste. Il y a quelqu'un là-haut qui n'a pas eu besoin de notre permission pour être là. Il y a une miette étrangère dans notre œil. Il y a quelque chose de suspendu sur notre tête. On n'est plus chez soi. Il y a quelqu'un hors de notre atteinte qui nous mesure en long et en large, de haut en bas ! Il y a un inspecteur journalier de la figure que nous faisons. *Keep off the grass, No trespassing allowed*, sont des formules que nous ne sommes plus dorénavant en état de faire respecter. Notre ciel a été dénationalisé et la gendarmerie montée ou démontée se voit réduite, à l'égard du vagabond anonyme qui l'arpente, à un regard pensif. Le citoyen de la basse-cour, la poulaille aux ailes coupées de ces cités closes qui se partagent chacune leur petit lopin d'Europe, voit passer de l'horizon au zénith et se faufiler entre les nuages, le messager de l'Univers, le professeur de saute-mouton qui nous traite par-dessous la jambe, quelqu'un à la fois qui nous regarde et qui ne nous regarde pas, la flèche postale sans égard pour nous au travers de notre cube respirable qui n'est décochée d'ailleurs que pour se fixer autre part. Bon Dieu ! qu'est-ce qui va nous tomber dessus encore ? Chacun cherche involontairement, de la main, une arme, un bouclier, un abri, ou ne serait-ce qu'un parapluie. L'alerte, l'écoute est devenue notre état d'esprit normal qui se mélange à chacun des battements de notre cœur. Chaque journal que nous ouvrons nous invite à un examen de conscience et à la vérification de notre capital défensif. Le pêcheur voit tout à coup sous ses yeux se peindre quelque chose sur l'eau paisible et s'accrocher à son hameçon cette île volante de Laputa dont parle Swift. *L'Allemagne a* 2.600 *avions. L'Angleterre en a* 2.400. *La France..... l'Italie..... l'Amérique..... Les théories du Général Douhet... Remarquable développement de l'aviation soviétique.* Le lecteur est péniblement impressionné. Ainsi le ciel s'est mis tout à coup à devenir une réalité et la religion n'est plus seule à nous en avertir. Il est devenu quelqu'un d'important et de dangereux. Nous sommes éveillés au sentiment de son omniprésence. C'est la porte au-dessus de nous infermable et béante sur de l'inconnu. *Je ne crains rien,* disait Brennus, *sinon que le ciel ne tombe.* Précisément. Alors Jeannot-Lapin regarde le soleil, il regarde la lune et il leur demande conseil. Lui-même sent que ça ne va pas. Et si on lui demandait où il a mal, il répondrait en soupirant : « Ah ! Monsieur ! c'est vrai ! j'ai bien mal ! j'ai mal à mon porte-monnaie ! J'ai mal à l'Europe ! »

Telles sont les conditions psychologiques parmi lesquelles le diplomate, aujourd'hui, a à exercer sa petite industrie. Chaque nation a essayé de mettre les autres à la porte; elle-même s'est mis la ceinture, elle s'est bardée de fer, de ciment et de tarifs. Mais l'Europe exclue, le monde exclu est revenu sans notre permission, il s'est établi chez nous comme une maladie organique, en pleins viscères, à la jointure de notre âme et de nos os, au plus tendre et au plus intime de notre conscience. La connaissance de ce qui lui arrive est devenue pour chaque citoyen une nécessité aussi générale, aussi inexorable que le besoin de manger.

Ainsi l'avion qui s'était déjà fait tant bien que mal notre professeur de géographie, ranimant tous ces noms biscornus des manuels que notre succès au bachot avait bienheureusement oblitérés, s'est constitué notre répétiteur de droit international. Il nous oblige chaque jour à grimper à l'échelle et, par-dessus le mur, à envisager d'un œil soucieux la carte d'après-guerre, cette perspective à l'infini d'états mal fichus et geignants, qui, chacun, ont mal à leurs voisins. A cette embâcle mal congelée d'un monde en démolition, l'avion, au-dessus de nos têtes, est là chaque jour pour proposer son épouvantable alternative.

C'est lui, si la guerre éclate, qui se chargera du communiqué. Nous n'aurons plus à le lire, artistement préparé par les spécialistes de l'État-Major, d'un regard distrait, qui s'arrache à regret aux vicissitudes de la politique et de la Bourse. On nous le servira tout chaud, en ville. Le militaire ne sera plus le seul à bénéficier de l'ypérite et du gaz moutarde. Au contraire, bien abrité sous son masque perfectionné et sous un pardessus taillé dans 30 m. de béton, son sort sera enviable, comparé à celui du citoyen du faubourg Montmartre et de la Plaine-Saint-Denis. Celui-ci, dès maintenant, pour se rafraîchir l'imagination, n'a qu'à lire l'*Apocalypse* ou plus simplement les instructions placardées chez son concierge. *O terre, ouvre-toi pour nous recevoir!* Car c'est le moment où les étoiles vont tomber, ou, à leur défaut, quelque chose d'encore plus explosif et plus piquant ! Gare là-dessous !

Pour nous consoler, pénétrons-nous du principe que personne n'a jamais gagné à inquiéter et menacer tout le monde. *Nemo impune contra orbem.* Personne n'a raison contre tout le monde. Il est important pour une nation d'avoir ses arrières libres. Autour de l'agresseur les horizons finissent tôt ou tard par se resserrer, comme une plaie qui se referme.

1936.

LA MOTOCYCLETTE

J'appartiens par les années de ma première jeunesse à cette époque, disons quaternaire, où le renne, le bison et l'ours des cavernes avaient déjà disparu, mais où l'homme, une fois descendu d'un de ces convois qui menaient entre d'infranchissables rails une carrière rectiligne, n'avait d'autre moyen de locomotion que ses propres jambes ou celles des quadrupèdes par son art asservis. La pédale cependant venait de s'ajuster à la roue et l'on commençait à voir circuler sur les routes, tels le ptérodactyle qui dans l'air fossile essayait les techniques de l'oiseau, au-dessus des draisiennes cerclées de fer, cet édifice acrobatique qu'on appelait, si je ne me trompe, *araignée*. Puis arriva cet homme de génie qui trouva le multiplicateur et la chaîne, et ce fut, coup sur coup et je serais presque tenté de dire, sous la compression et l'emboîtement des souvenirs : à la fois ! le pneumatique, le moteur à explosion, l'automobile, l'avion, tout le vertige !

Et je me souviens non sans mélancolie des faibles moyens avec lesquels entre ma douzième et ma vingtième année, je m'efforçais de satisfaire cette passion du monde et de l'espace, ce besoin de découverte et d'exploration qui dévore tant de jeunes cœurs. Ces longues traites pédestres, la canne au poing, à travers les faubourgs et au long de routes inexorables avant de gagner quelque embarcadère plus ou moins arbitraire sur le rêve et sur l'avenir.

Maintenant il y a l'auto, il y a même l'avion. Mais d'abord ce ne sont pas des engins à la portée de tous. La première ne fait pas étroitement corps avec nous, nous profitons simplement de ses possibilités à la manière d'un passager de diligence et notre communion avec elle se réduit à l'indication de notre main sur le volant. Quant à l'avion, d'emploi exceptionnel et dispendieux, personne ne saurait le considérer comme un instrument de rêverie. Il a pour effet moins de nous livrer la terre que de nous en délivrer.

Mais la bicyclette, Monsieur, me dit cet écuyer frénétique qui, tout recourbé sur lui-même, me semble avoir toutes les peines du monde à renoncer à son métier de bielle humaine, c'est tout autre chose ! Regardez-la, cette mécanique qui tombe aussitôt qu'elle s'arrête et qui ne trouve équilibre que sur la vitesse. Elle n'est que tranchant et profil, un cadre sur deux roues. La voici à votre disposition toute vibrante et nerveuse et pétaradante, prête à se faire enfourcher et à bondir sous votre double coup de pompe. C'est le départ tout prêt, c'est la monture inépuisable, c'est l'ouverture sur l'infini de la route. Elle est à nous, exclusivement à nous, nous possédons entre nos deux jambes cette force qui fait corps avec nous plus encore que le Pégase de chair et qui se passe de boisson, de nourriture et de repos. Rien qu'un petit coup d'essence de temps en temps pour la rafraîchir. C'est la vitesse à l'état pur, débitée par ce cœur explosif au-dessous de notre selle, qui nous invite à l'épouser, à nous unifier avec elle dans une espèce de copulation irrésistible, à dévorer la distance et l'avenir, à venir à bout l'un après l'autre de tous les horizons. Nos reins, comme dit la Bible, ne sont plus que désir et espérance. Casqué, chaussé de lunettes, cuirassé de pied en cap comme les Normands de la tapisserie de Bayeux, voici le chevalier cataphractaire, armé pour son corps à corps avec la résistance que lui crée son propre mouvement et cette passion de l'au-delà. Tête baissée, penché sur le guidon, il gravit avec rage le tournant et la côte. Il est plus fort qu'elle. Il la sent qui cède et si elle résiste, un peu plus de gaz suffit à lui assurer l'avantage et la monture indignée chauffe et bondit sous l'éperon ! Maintenant attention ! tout va changer ! Voici le sommet atteint, voici un monde nouveau, une ville là-bas qui fume, dix villages, un morceau de rivière dans une autre direction, il n'y a plus qu'à plonger comme un aigle dans le gouffre de feuillage et de parfums qui s'ouvre à nos pieds, à recevoir en plein visage toute la nature à la force de 80 km. à l'heure, et quand il s'agirait d'une ville, à la respirer tout entière d'une seule bouffée ! Que le piéton regrette s'il veut cette espèce d'intimité progressive et didactique qu'il acquiert avec la nature, cette lente et solennelle imprégnation du site que lui fournissait le déplacement alterné de ses deux jambes, ce regard patient qui du double rivage à sa droite et à sa gauche passait à des lignes successives de composition et de contemplation, ainsi le nageur qui d'une brasse régulière comme la respiration se dirige à travers l'étang. Ici il ne s'agit plus de regard, mais d'une espèce d'engloutissement simultané, nous ne nous insinuons pas dans la nature, nous nous jetons dessus, nous nous en emparons non seulement par les yeux, par le nez, par la bouche, par le visage, mais par tout le corps dont l'ossature même entre en jeu, par la peau, par le ventre, par les poumons ! elle est à nous et nous n'avons pas plus tôt foncé dedans, nous n'avons pas plus tôt fait une seule chose mêlée de tous ces horizons qui foncent sur nous à la fois, que le voici tout définitivement, triomphalement, rejeté au delà de notre épaule, évanoui comme ce nuage de poussière, comme ce jet de vapeur odorante et bleue que nous laissons pour trace de notre passage. Et quand nous sommes arrivés il n'y a pas à s'occuper de l'écurie et du garage, du pansage et de l'avoine, nous n'avons pas comme les grands seigneurs de l'aviation à étudier le sol à qui nous conférons fastidieusement l'honneur de notre roue. N'importe quelle piste nous a suffi, le sentier le plus étroit après le fleuve vicinal, et, une fois à la halte, notre monture n'est pas exigeante, on la range comme un bâton de pèlerin, rien ne lui est interdit, à la différence de l'auto et du train qui dépendent étroitement de la route et qui ne peuvent aller que là où elle a décidé de les conduire. Nous, au contraire, tous les caprices, tous les crochets, toutes les incursions nous sont permis. Nous pouvons tout fouiller, tout fiscaliser, comme disent les Brésiliens, dans le dernier détail. Rien ne nous retient plus ou ne nous arrête. Plus souples qu'un lévrier, nous avons à nos talons quelque chose de plus puissant que les ailes de Mercure. Nous avons été mobilisés pour de bon! Nous sommes libérés du poids et du lien. Nous sommes l'homme ajouté à la roue et à cheval sur de l'esprit.

Ce que j'aime dans la moto, en farouche individualiste que je suis, c'est qu'elle est la disponibilité à l'état pur, directement ajustable à nos membres dont elle multiplie le pouvoir au lieu de le suppléer. Elle est la flèche, et en même temps elle est l'arc, elle est la force raide et nue, débarrassée de tout cet encombrement collectif de la voiture qui a cessé d'être un cheval pour devenir une embarcation. On a renforcé notre jarret, on a élargi notre regard, on a allongé notre bras, on a tout mis à portée de notre main, mais tout de même c'est nous loyalement qui fournissons tout l'effort et toute la course d'un point à l'autre, on n'a pas profité de notre sommeil et de notre distraction comme en chemin de fer et en avion pour escamoter la distance et nous déposer brusquement à travers un laps de brouillard et d'ennui de ce quai à cette plate-forme. Nous avons payé de notre personne. Nous avons coupé à travers la carte de notre propre poussée. Nous n'avons pas cessé de ressentir sur nous la traction du but, il n'y a pas un centimètre de la route avec qui nous ayons esquivé le contact. Nous nous attrapons à quelqu'un là-bas au travers de quelque chose. Nous nous sentons entre les jambes de quoi répondre à tous les appels de l'inconnu. Il est loin, le rêve du vieux Laotzeu, qui disait que le propre d'un État bien gouverné était que chaque homme fût enraciné à son lopin de terre et que chaque village ne fût averti de l'existence d'un autre village que par le chant des coqs. Né à quelques kilomètres de Reims et de Laon, il m'a fallu trente années pour qu'à travers toutes sortes de crochets et de détours, je pusse pousser jusqu'au seuil de la double cathédrale. Nos enfants ne connaîtront plus cette incarcération, ils auront à leur service un autre moyen d'évasion, d'appréhension, de vérification et de conquête que le rêve. Maintenant leur champ est le monde, comme dit la devise hanséatique. Plaintives Andromèdes là-bas, au fond de quelque château en ruines, ne vous désolez pas ! voici Persée qui arrive du fond de l'inconnu pour vous emporter à cheval sur la foudre et la détonation !

18 juin 1936.

L'ÉTOILE COLLECTIVE

RÊVERIES D'UN HOMME RETOURNÉ

Au Commandant Paul-Louis Weiller.

Pourquoi sacrifier vos vêtements usagés ? Confiez-les-moi plutôt, je les retournerai et je vous les rendrai comme neufs. Confiantes et audacieuses paroles que je lisais, il y a quelque temps, sur l'enseigne d'un modeste tailleur dans un modeste quartier, et qui flattent en moi ces puissants instincts d'économie et d'ascétisme, hélas, toujours déçus ! que je dois à mon hérédité bourgeoise. Quelques écrivains pourtant, et surtout quelques hommes politiques, ont suivi ce conseil, et d'opinions retournées se sont fabriqué un costume plus spécieux que rassurant. Ce n'est pas à eux que je pense, mais au fait que la Providence doit avoir ses desseins quand elle nous retourne comme une omelette qu'on veut cuire sur les deux côtés, et, de ces passants verticaux qui ne voient pas plus loin que leur nez, fait ces larves étendues sur le dos qui n'ont plus d'autre occupation que la contemplation des espaces célestes. Ce n'est pas des astronomes que je veux parler, c'est des malades.

Tout l'été, on m'a roulé dès le matin sur une longue brouette à l'ombre d'un marronnier, et alors à moi l'azur ! Ça commence au-dessus de moi par une superposition d'étages, branches et feuilles, nettement imaginées, dessinées et composées comme une construction de l'intelligence, et tout le manège incessant des oiseaux et des insectes, cette artiste par exemple qu'on appelle l'araignée, suspendue à son étrange vocation de filandière et d'aéronaute ! Et puis là-haut, il y a une certaine branche de frêne qui se roule et se reprend et se roule de nouveau de toutes ses feuilles avec d'ineffables délices dans le vent de la matinée ! Mais surtout, il y a le ciel, soit le ciel clair où se poursuivent les hirondelles avec de longs cris de joie, soit cet occident encombré où s'empilent d'énormes vapeurs que cinglent des traits de feu parmi les roulements d'un tonnerre en train de répéter son rôle aussi menaçant qu'inoffensif. Et il y a Diane aussi qui de son arc tendu vise cette impudente étoile qui la défie !

Mais l'événement journalier est le courrier de Genève en train de porter à l'Océan Atlantique des nouvelles de la Société des Nations (désespérées mais pas sérieuses). Ça commence par un ronflement sourd qui s'accroît, et puis l'on découvre au zénith la zélée petite croix noire qui sait si manifestement où elle va. (Ainsi plus tard en automne, mais déjà j'étais sur mes pieds, ces volées soudaines d'innombrables petites ailes, ces bouffées successives d'oiseaux migrateurs, qui souffletaient la brume pour s'engloutir toujours à la même place dans le brouillard.) Je suis le volatile là-haut dans son exploit mécanique d'un regard plein de sympathie. Je vois le mécanicien luisant et cuirassé de peau de vache, je vois le délégué au front soucieux de Valence, je vois cette belle dame qui vomit modestement dans un sac de papier. La poule qui gratte le gazon près de moi s'interrompt dans son labeur d'érudition pour pousser comme à mi-voix une espèce d'exclamation interrogative, et moi, pareil à l'âne de Jules Renard, je salue le passant altier d'un braiement joyeux.

N'ai-je pas en effet coopéré quelque peu à la fabrication de cet individu paradoxal qui a pour âme un tourniquet et qui se soutient dans l'infini en happant l'avenir ? Jusqu'au moment où le devoir postal et l'épuisement de l'essence l'obligeront à reprendre de ses trois roues avec le sol, dans l'empan de ses grandes ailes déployées, un contact cahoteux !

Ce qui le transporte là-haut, ce ne sont pas ses ailes : simplement, elles l'empêchent de tomber et tout l'art du constructeur est de trouver un profil qui les oblige à nuire aussi peu que possible à l'avancement. C'est l'âme ! c'est cette idée à toute vitesse, c'est cette aspiration qui soulève une lourde carcasse jusqu'à lui faire oublier le poids, c'est le désir ! Ce n'est pas la flèche qu'on décoche, c'est l'arrachement de l'homme à la matière, c'est la volonté qui a abouti, c'est l'intelligence en un long assemblement de moyens qui tout à coup a réussi l'éclair ! Contact ! Allume ! C'est le cœur avec violence qui triomphe de la destinée, c'est l'homme dans une espèce de déchaînement intérieur qui a réussi à s'emporter lui-même, irrésistible ! Il a enfourché l'étoile, cette étoile multiple dessinée à chaque page du présent périodique (1).

J'ai longuement contemplé sur son bâti cet engin de vive force qui, du fait de sa multiple explosion, se crée à lui tout seul une assiette et un mouvement rectiligne à travers le caprice et le tourbillon de l'élément. Quel chef-d'œuvre que ce soleil de cylindres, sept, quatorze, dix-huit, où chaque piston poussé par une déflagration intime vient au juste point et au juste moment ajouter son propre éperon à cet axe central qui recueille l'énergie de l'attelage collectif ! Tout cela travaille ensemble

(1) *Plein Ciel.*

dans une harmonie qui va au delà de la perception humaine. C'est à la fois de la musique et de la bijouterie, de la musique au millième d'intervalle et de l'horlogerie au dix millième de millimètre. Et je songe aux opérations sans nombre, aux essais chimiques dans le champ infini du métal, aux dépenses inouïes de labeur, d'ingéniosité, de patience, de parti pris inlassable en même temps que de fantaisie insolente, qu'il a fallu pour créer tel alliage, tel produit insoucieux de l'usure et de la rouille. Le microscope est venu à bout de l'invisible et a prêté à l'ouvrier une justesse et une dextérité surhumaines. Il lui a mis au bout des doigts l'habileté du gnome. Il a fallu combiner toutes sortes de machines appropriées, d'une complication et d'une délicatesse elles-mêmes presque féeriques, pour aboutir à ce pentacle rayonnant de mesures exactes et de forces entre-croisées. Il a fallu le génie associé de tout un peuple de savants et de praticiens pour lancer dans le vide cet ange vertigineux en qui se résume toute l'audace et toute la connaissance du fils de l'homme.

Et je n'ai pas parlé de l'hélice, cette merveille, à la fois tranchante et courbe, ce vortex au pas variable, attaquant le fluide par les angles et moyens multipliés de la spirale, et gravissant comme à coups de dents, dévorant dans l'ouragan de ses pales tous les échelons de l'éther !

En somme, l'avion est une espèce de poète mécanique qui se soutient et qui marche par l'inspiration, le plan rigide qu'il élargit autour de lui ne servant qu'à maintenir son équilibre. Et ce n'est pas seulement cet oiseau, fait plus encore de volonté et d'intelligence que d'acier et de duralumin, que l'idée déchaînée arrache au sol et entraîne, c'est tout cet ensemble de moyens mécaniques et humains qu'il a suscité pour rendre sa réalisation possible, qu'il a, peut-on dire, créé. Tout cela ne fait qu'un avec ce dévorateur de l'espace, tout cela reçoit de lui impulsion, tout cela est art, un art attaché à cette imagination soulevée et soutenue par le calcul, tout cela est animé par cette bouche, par ces poumons là-haut, insatiables !

Et tout cela aussi me ramène à de vieilles imaginations que j'ai souvent ressassées et entretenues, tandis que je revenais dans mon saladier aérien de New-York ou de Chicago et que je voyais se dresser sur l'horizon le peigne confus des cheminées de Pittsburg et de Philadelphie. Je me demandais si toute la philosophie du XIXe siècle n'a pas fait fausse route et si elle n'a pas été victime de la même erreur qui entraîne illusoirement les occupants d'un train dans une direction parce que l'autre train à leur côté marche dans une direction différente. Dans la vieille querelle de la cause efficiente et de la cause finale, c'est pour la dernière que je prends définitivement parti. C'est la fin qui crée les moyens. C'est l'effort envisagé qui organise le véhicule. La fondation de tout n'est pas en bas, elle est en haut. C'est le but qui tend l'arc et qui décoche la flèche. C'est l'hélice, c'est le moteur adapté par la science au désir de l'illimité, qui décroche l'avion et derrière lui toute une industrie, toute une humanité, toute une civilisation, toute une Histoire ! Entre New-York et Washington, je suis l'hôte de cette lente et rapide continuité qui est faite d'une série d'explosions, de cette répétition acharnée et harmonisée de coups de feu et de coups de force, de cette violence captive de son but qui ne cesse de dire « Non » à la pesanteur et à l'habitude !

Rien de tout cela n'aurait été possible sans le savant, sans l'ingénieur, sans le capitaliste, sans le patron et sans l'ouvrier ou, pour mieux dire et, pour résumer tous ces noms en un seul qui dit tout, sans « celui qui fait », sans le poète. Tout cela tourne rond, tout cela travaille en même temps, tout cela propose, compose et dispose, tout cela applique son action au point juste et au juste moment, et quand un intervalle s'introduit, un retard, un frottement, un temps faux, l'oreille blessée s'alerte et s'inquiète. Il me répugne de ne voir dans l'ouvrier (et qui n'est, à sa place, autre chose qu'un ouvrier, c'est-à-dire, à son plan, à la fois un maître et un serviteur de l'œuvre à faire ?) que seulement un créateur, comme on dit, de valeur, que l'interprète et l'esclave d'une matière inerte et d'un plan rigide. Lui aussi est un artiste, il fait, il invente, il collabore. Entre lui et la machine, il y a cette entente réciproque du virtuose et de l'instrument. L'un apprend à l'autre à parler, mais c'est le piano de son côté qui forme lentement le virtuose et par l'intermédiaire de l'oreille lui donne cette facilité, cette habileté prestigieuse de la main. La méthode Taylor, dont on a dit tant de mal, a ce mérite de nous apprendre qu'en toute chose, même la plus commune et la plus vulgaire, il y a art, il y a une bonne manière et une mauvaise manière de faire...

Là-dessus, un marron échappé de sa bogue me tombe sur le nez. Il était temps ! Je crois que je commençais à m'endormir. Et j'entends de l'autre côté du ciel un ronflement qui s'accroît. C'est un avion qui remonte à contre-courant le vent du Nord et qui vient ravitailler la Société des Nations d'un chargement de brochures, d'avocats et de diplomates !

1937.

LE NOM

EXTRAIT D'UNE LETTRE

Le *nom* est ce qui sert à appeler, ce qui sert à faire sortir la catégorie de l'ensemble, l'individu de la catégorie et le propre du commun. C'est un signe conventionnel et fixe par lequel nous apprenons à reconnaître tel ou tel être ou objet et par quoi cet être ou objet devient à notre égard capable de réponse. Ce signe peut être entièrement conventionnel, comme le serait par exemple un numéro, soit emprunter sa valeur à tel ou tel trait sensible, soit constituer comme un corps chimique une formule réductible à ses ingrédients.

Votre question, si je la comprends bien, qui se rapporte à des réflexions que je poursuis en ce moment, revient à demander si entre le signe et la chose signifiée il n'y a qu'un rapport purement arbitraire ou s'il y a une parenté objective et réelle, suivant ce texte de saint Thomas dont la portée est immense : *Nihil potest ordinari in aliquem finem nisi præexistat in ipso quædam proportio ad finem.* S. THOMAS. *De Veritate, qu.* 1, *art.* 2. La question qui a été souvent discutée par les philosophes et notamment par Platon dans *le Cratyle* ne comporte pas de solution absolue. Comme poète je penche plutôt pour le second terme de l'alternative.

Mais en somme, dans ce monde de l'ignorance et de l'accident, on peut admettre que nous nommons les êtres ou les choses à peu près au petit bonheur, sans préjudice de ces heureuses trouvailles qui jouent un peu le rôle de sobriquets.

Mais au-dessous de ces noms hasardeux et choisis au petit bonheur, il y a le nom vrai, celui qui a appelé l'individu à l'existence et qui est sa propre *vocation.* Ce nom répond au besoin que Dieu a eu de Lui pour exprimer et signifier quelque chose de Lui-même et satisfaire au rôle dans le drame de la Création qu'Il lui a assigné. Ce nom n'a pas besoin d'être composé de lettres ou de syllabes, on pourrait le comparer plutôt à ce son, à ce sifflement particulier en qui le chien reconnaît immédiatement la voix de son maître. C'est cette émission de souffle à quoi nous sommes adaptés substantiellement qui nous a appelés à l'action. Car la matière écoute, l'animal obéit, l'homme interprète et comprend. Dans le monde futur, comme notre situation sera nouvelle, notre nom aussi sera nouveau.

En résumé, la substance du nom, c'est ce qui en lui sert à appeler, à déterminer, ce qu'en anglais on appelle le *pull.*

8 février 1936.

UN APRÈS-MIDI A CAMBRIDGE

Je ne sais s'il existe au monde endroit plus magnifique et plus étrange que ces grandes universités anglaises, Oxford, Cambridge, mes préférences, comme celles de Montalembert, allant plutôt à la seconde. Les bâtiments d'Oxford sont bâtis d'une espèce de pierre lépreuse qui ne donne pas une impression agréable, tandis que Cambridge emploie de préférence le véritable matériau anglais, cette brique rouge qui mûrit au lieu de s'user. Et me voici, titulaire d'honneurs inattendus et occupant d'une couche démesurée que ni l'orgueil, ni l'amour, ni la mort ne suffiraient jamais à remplir, qui deviens peu à peu conscient de cette salle illustre où l'on m'a logé et dont le plafond, parmi toutes sortes d'armoiries et d'entrelacs jacobéens, me donne à lire cette inscription insistante : *Le bon temps viendra.* Mais non, il est déjà venu ! Pour en être sûr, je n'ai qu'à aller à la fenêtre, et, au travers de ce vitrage usé qu'a traversé le regard de Bacon, de Newton, de Byron et de Tennyson, à contempler sous le ciel en fête ce cloître quadrangulaire au milieu duquel on a planté comme un bouquet un énorme marronnier rouge. Et par delà, à travers les péristyles ouverts, ce sont toutes espèces de pelouses et de jardins ravissants, un ouragan de verdure qui déferle par-dessus les toitures érudites, et ces cloches de temps en temps qui, pour définir le bonheur d'être ici, articulent une phrase aussi nette qu'une citation. La Cam n'est pas loin, paresseuse sous ses ponts historiés, et verte comme une imbrication de feuilles de rose. Ces jeunes gens, ces jeunes filles, à la dérive sur un esquif insensible, c'est sans doute le même roman qu'ils lisent et dont le cours lent comme l'eau se mêle à ce reflet préparé et à la béatitude au-dessus de nous de ce printemps qui expire. De l'autre côté, mêlée à l'herbe, il y a toute une compagnie engagée dans un entretien plein de vivacité : c'est une comédie, m'a-t-on dit, qu'ils répètent. On dresse une tente pour le bal de ce soir.

Nous, notre tour est déjà venu, et c'est le moment d'endosser notre plumage honorifique, cette toge de moire écarlate et ce mortier de velours noir que l'on voit sur la tête des personnages de Clouet et de Holbein. Quatre appariteurs, porteurs de masses d'argent, nous précèdent et par derrière s'avance majestueusement le chancelier, lord Baldwin, magnifique sous sa simarre dorée dont un page soutient la traîne. Nous cheminons à sa suite, les huit élus : M. Kennedy, ambassadeur des Etats-Unis; lord Chutfield, ministre de la Défense nationale; lord Hailey, moi-même, MM. Lœfstedt, Powicke, Haworth et Dale. L'orateur officiel nous attend et nous dit cette harangue en latin où il célèbre nos mérites et les vertus de nos territoires respectifs. C'est une joie de l'entendre parler du cinéma américain : *Quid de vibrantibus illis picturis, quae nobis demonstrant heroidas ad unguem pictas, armentarios equitantes, percussores conjuratos ?* Il s'agit, vous l'avez compris, des stars de Hollywood, des cowboys et des gangsters. Le chimiste s'entend rappeler un souvenir de voyage où le sommeil ne laissa intact que le nom de deux villes, dont l'une s'appelait Arcadie et l'autre Chloride ! Parabole ! s'écrie l'orateur. C'est ainsi que notre vie s'écoule entre les muses et les bocaux, incertaine et des deux côtés à la fois attentive et déçue, car si l'oxygène nous fournit des illusions, cependant il ne faut pas oublier les méfaits des gaz asphyxiants. Quant à moi, je fus régalé de deux vers d'Homère, où le barde, convive des prétendants, fait valoir au farouche Ulysse, prêt à le trucider, qu'un dieu en tout l'a guidé, inspirateur des arts les plus divers. Là-dessus lord Baldwin, ma main dans la sienne, me déclara qu'il m'admettait dans l'illustre Université de Cambridge à titre de docteur *honoris causa*, au nom du Père, du Fils et du Saint-Esprit.

— Ainsi soit-il ! ne pus-je m'empêcher de murmurer.

Vint ensuite le moment des deux banquets, servis parmi un déploiement d'argenteries somptueuses dans les deux grandes salles historiques décorées, à la lueur des seules bougies, de tapisseries et de portraits. On fit aux deux diplomates étrangers la courtoisie de les inviter à prendre la parole au nom des récipiendaires. M. Kennedy parla avec infiniment d'éloquence et d'esprit. Voici le texte de mon propre discours. La première partie en fut dite en français, la seconde en anglais, que je traduis pour la commodité du lecteur :

« Comme voyageur et comme diplomate, mon front a vieilli sous bien des accoutrements, qu'il s'agisse du casque colonial, ou du bonnet de fourrure qui protège nos oreilles contre le couteau polaire, ou du bicorne diplomatique dont le plumage a blanchi sur ma tête en même temps que mes propres cheveux. Mais je n'ai jamais senti cette espèce d'adoption réciproque, d'harmonie profonde, et j'allais dire végétale, qui unit la racine et le feuillage. Quand il m'arrive de regarder dans la glace le fils de ma mère sous les décorations multicolores qu'il a plu à la bienveillance des gouvernements de m'attribuer, c'est avec un sentiment d'inquiétude et d'ironie plutôt que de satisfaction.

« *Tel qu'en lui-même enfin l'éternité le change*, dit le poète. J'ai des doutes à ce sujet. Et j'aurais plutôt la crainte, équivalente à une conviction, que l'oiseau fatal dont parle Edgar Poe s'est trompé sur le perchoir qu'il a choisi pour y poursuivre sa méditation ombrageuse. Vous m'excuserez donc si aujourd'hui encore ce doute essentiel sur mes propres titres accompagne le sentiment de fierté et de gratitude que je ressens sous cette coiffure que vous avez jugé à propos de placer sur ma tête et sous cette toge que vous avez jetée sur mes épaules. Ainsi peut-être le poète Pétrarque autrefois sous la couronne de laurier que lui décerna le Sénat romain. Je sais qu'il n'y a pas dans le monde entier, pour un citoyen britannique, et à plus forte raison pour un étranger, de distinction plus flatteuse que d'être appelé par la grave Université de Cambridge à partager l'honneur de ses glorieuses et vénérables traditions. Mais je sais aussi qu'il n'y a pas d'épreuve plus sévère pour le mérite intrinsèque du récipiendaire.

« Un sentiment me réconforte, c'est que je possède au moins un titre à votre choix, je veux dire l'amour que j'ai eu toute ma vie pour la poésie et pour toute la littérature anglaise, qui fut toujours pour moi un champ infiniment profitable et délectable d'exploration et d'entraînement. Je ne puis la comparer, à ce point de vue, qu'aux deux grandes littératures d'Athènes et de Rome. Les agronomes prétendent que certaines graines ne prospèrent jamais mieux que dans un sol étranger. En ce qui me concerne, ayant eu le malheur de naître avec un sentiment d'impatience et de mécontentement contre tout ce qui constituait mon entourage immédiat, il était naturel que j'allasse chercher aide au dehors. Shakespeare tout de suite fut pour moi cette fenêtre magique qui s'ouvre sur un vaste horizon de rêve et d'action. Plus tard, je lus avec un plaisir infini Milton, Keats, Coleridge, Tennyson, Coventry Patmore, Francis Thompson. Je me frottai même quelque peu à Blake, Shelley, Rossetti et Browning. Je trouvais en tous ces hommes ce même simple et direct amour pour la création, cette puissante veine épique et lyrique, qui me plaisait tant chez Homère, Virgile et Pindare, le tout avec un certain condiment d'humour et d'incongruité qui m'allait droit au cœur par le chemin du palais.

« Mais ma fréquentation de la pensée anglaise ne s'arrêta pas aux poètes. J'ai passé la plus grande partie de ma vie administrative dans des pays de langue anglaise, surtout en Extrême-Orient, où je n'avais guère que des livres anglais à ma disposition. Les bibliothèques des clubs de ces grands et petits ports étaient admirablement bien fournies en ouvrages d'histoire, voyages, mémoires, critique, et naturellement en romans, le roman qui est l'éclat dominant de votre Muse iridescente. Je fis connaissance avec Kipling, Conrad, Wells, Arnold Bennett, R. H. Benson, alors dans toute la fraîcheur de leur nouveauté. Mais mon goût allait surtout à Thomas Hardy, dont l'amère douceur avait pour moi une vertu fortifiante. Mes longs jours, mes longues nuits en Chine, en Amérique, au Japon, en Indo-Chine, ils sont dans mes souvenirs tout imprégnés de noms anglais et d'histoires anglaises, et les livres anglais qui restent ouverts dans ma mémoire sont comme salés avec le sel des Sept Mers.

« Et c'est pourquoi, *my lords and gentlemen*, il arrive que je ne me sens pas aujourd'hui entièrement déplacé en votre savante compagnie, même si je considère que je dois à mes années, croissantes ou décroissantes, la place que vous m'invitez à prendre à votre table hospitalière. Et je sens monter à mes lèvres, en hommage à votre grand pays, les mots que le prophète hébreu applique à la glorieuse ville de Tyr *qui siégeait au cœur de la mer et dont le commerce était au sein des eaux profondes. Trade* en anglais est un excellent terme de poids et de mesure. Il tient dans sa main une balance comme la Justice. Mais *Commerce* est mieux encore. *Commerce*, ce n'est pas seulement une appréciation et un échange de biens matériels, il s'agit d'une communion des esprits, d'une conférence des bonnes volontés, d'une interrogation qui implique la foi dans une juste réponse, et qui s'adresse à ce qu'il y a de meilleur dans le cœur de chaque pays : c'est une conviction que dans ce vaste monde il n'y a rien qui se trouve hors de notre connaissance, hors de notre sympathie, et de notre pouvoir de faire de l'or avec. Il n'y a aucun endroit dans votre royaume insulaire qui soit hors de portée de la sirène. Il n'y a pas de bureau dans la Cité de Londres qui ne soit accessible à cette sourde invitation, à cette basse continue de la marée, à cet appel balancé du flux et du reflux. C'est une grande chose que d'avoir toujours le doigt ainsi posé sur le pouls liquide de l'Univers. C'est une grande chose pour une nation que d'être une île, et pour un citoyen britannique que se sentir le propriétaire d'un libre horizon : c'est une grande chose pour une nation de n'avoir pour frontières que la vision de la mer et la volonté de Dieu. C'est une grande chose pour Britannia que d'être assise, comme la Sagesse de l'Écriture, à la rencontre de toutes les routes. Mais la Sagesse n'est pas toujours assise, quelquefois elle se bat, et quelquefois elle danse ! C'est ainsi que nous la voyons à l'un des porches de notre cathédrale de Rouen, dansant la tête en bas et sur les mains ! Et ce que j'admire dans la Sagesse anglaise est ce pacte antique qu'elle a contracté avec les libres pouvoirs d'imagination et de fantaisie. Cette alliance, après tout, a été fortunée et elle vous a menés tout droit à ce pot d'or monnayé qui, suivant la légende, est enterré sous le pied de l'arc-en-ciel ! »

Juin 1939.

UNE VISITE A BÂLE

« Les Trois Rois », on pourrait croire que c'est le Duc de Windsor, Guillaume II et Hailié Sélassié. En réalité, c'est l'enseigne d'une illustre auberge à Bâle qui mire dans le Rhin sa façade historique. Autrefois, les sirènes wagnériennes, habituées à chanter indifféremment sur l'eau ou par-dessous, venaient y donner des aubades aux voyageurs de distinction. Mais aujourd'hui, le barrage de Kembs les empêche de passer. On aurait dû faire une échelle pour elles comme on fait pour les saumons en mal de frai ! C'est un oubli.

Les raisons de mon séjour dans cette ville rhénane importent peu. Admettons qu'une invitation par la grâce de sainte Jeanne d'Arc au concile de Bâle, réuni, comme on sait, pour remédier aux malheurs de la chrétienté engourdie et divisée, me soit parvenue en retard. J'ai retrouvé la salle des séances qui n'est autre que la nef du vieux *munster*, piqué au faîte de ce rocher qui oriente définitivement vers l'Allemagne une autre nef décrite par Erasme, celle des fous. Elle était vide, et le pavé désaffecté sonnait sinistrement sous mes pas aussi bien que celui du cloître rouge qui lui sert de vestibule et qui n'est plus rempli que d'épitaphes. Mais plus bas, en pleine « cité » se trouve une autre église — et charmante ! — celle des Cordeliers, où les lignes du plus délicieux gothique sont soulignées par le rose pâli du grès vosgien. On en a fait un « Musée historique », tout débordant de ce tintamarre et tohu-bohu d'objets hétéroclites, épaves pêle-mêle du passé, que l'on peut attendre de ce genre de bazars : cloches, armures, tambours, tapisseries, défroques, meubles, porcelaines, poêles monumentaux à qui je n'en veux pas autrement de nous avoir valu le *Discours de la méthode.* Surtout ces dépouilles d'églises et de monastères, une collection de rétables et de sculptures sur bois, admirables de force, de suavité, de gravité et de naturel, qui font honneur à l'art suisse. On y trouve cette qualité particulière que j'appellerais la gentilhommerie paysanne : cette honnêteté chez les hommes et chez les femmes de l'âge mûr, qui fait plus de plaisir encore quand on la rencontre, que l'innocence des enfants et que la sérénité de la vieillesse. Et quelle plus belle matière que le bois si doux à la main qu'il invite, si intime à la pénétration minutieuse de cette pointe ou lame du couteau artiste qui pense, qui sait, qui voit et qui prie. Ces belles vierges forestières, le même *Ave Maria* qu'elles recueillent aujourd'hui sur mes lèvres, elles l'ont agréé jadis au fond des prunelles ferventes de tant de filles et garçons, de ces femmes sanctifiées par la maternité, de ces rudes confédérés qui déposaient à leurs pieds la hache du bûcheron ou l'épée redoutable du citoyen. Ce n'est pas en touriste indifférent que je mêle à leur foi qui est la mienne mon propre *Ainsi soit-il !*

Mais c'est la *Danse des morts* surtout à qui j'étais venu apporter un regard préparé par le souvenir de mes visites académiques. Le mur de l'église des Dominicains où elle se déroulait a été détruit au commencement du XIXe siècle, mais il en reste ici quelques vestiges et des reproductions en miniature, vignettes et statuettes, d'une animation, je le dirai, ma foi, comme je le pense, d'une gaieté intense.

Depuis le moment où le cortège des baladins macabres, trompettant du tibia et tympanisant de la caboche, débouche par la porte du charnier (et derrière c'est tout l'immense Moyen Age sous la lune), on ne s'ennuie pas un moment ! Le refrain dont le jazz plus tard restituera le rythme frénétique, le refrain enragé et muet, fortissimo, pianissimo, reprend, tournoie, se faufile, et ne s'arrête pas une minute jusqu'au moment où la prière du prêtre réintègre la dalle entre-bâillée. *Memento, homo!* Souviens-toi, homme, que tu es poussière et que tu retourneras en poussière. On s'en souvient, on s'en souvient parfaitement ! Dans l'esprit de l'artiste cette admonestation liturgique est une invitation, encore plus qu'à l'humilité et à la componction, à la bonne humeur et à l'allégresse ! Quel bonheur ! Ainsi cette forme charnelle où nous nous trouvons empêtrés et dont nous tirons en somme moins de fierté, de plaisir et de profit que d'embêtements de toutes sortes, bravo ! Elle n'est que provisoire ! Il ne faut pas trop la prendre au sérieux ! Et voici que du tombeau même, sur le rythme de la gambade, sort une promesse de musique et de liberté ! Mets-toi donc à l'aise, engourdi ! Quel bonheur d'être débarrassé non seulement de ses habits, mais de sa peau et de ce personnage encombrant et ridicule que nous faisions ! Il ne me reste plus que les os, s'écrie lamentablement le prophète Job. Eh bien, c'est déjà quelque chose ! Et le peintre, s'il a pris soin de nous débarrasser par une large ouverture au milieu de l'abdomen de notre outillage intérieur, nous a laissé le ressort et, ma foi, de quoi danser ! L'entre-croisement de ces puissants muscles sur l'échine, la fibre du bras, le nerf, le cordage, l'agencement à la rotule du jarret spirituel ! Il n'y a plus d'yeux, mais il reste le regard ! Il n'y a plus de nez, mais il reste le trou et l'insolence camarde entre les mains de notre Créateur de ce visage indestructible ! Ce gnome leste et déshabillé, il me fait penser, en somme, à un maître de ballet qui pour entraîner sa troupe se met en manches de chemise. Il ne lui reste plus que de quoi rire et valser, le talon dur pour marquer le temps, et cette espèce d'armature électrique, l'arpège des vertèbres, le clavier des côtes, et la grêle autour de lui de ces dix doigts effilés au bout des deux mains comme des castagnettes pour multiplier le refrain ! A côté de cet agile *gracioso* qui les invite et qui déjà les enlace, le bal est ouvert ! Que tous ces vivants apparaissent épais, pesants et maladroits ! Eh, viens donc, ballot ! Tous ces vêtements de dessus et de dessous, ces chapes, ces houppelandes, ces manteaux, ces coiffures et ces panaches, la simarre du docteur, le jupon des commères, le harnachement de fer des chevaliers, que c'est lourd, et comment satisfaire avec tout cela à l'unique devoir de la vie qui est de danser ! Et pas seulement ces accoutrements, mais ces bajoues, ces ventres, ces seins, ces fesses, ces replis de graisse et de tripaille, tous ces préjugés, tout ce suif, toutes ces connaissances indigestes dont on nous a bourré le crâne et farci l'estomac, tout cela qui couvre, qui bouche, qui obstrue et qui immobilise, et qui nous empêche d'obéir à la musique ! Alors la voici elle-même qui se met en marche à notre rencontre, qui nous enlace de sa maigre articulation, par la taille et par les épaules, par les jambes et par le cœur ! Un, deux, trois ! En avant la viole et le violon, flûte, tambour, cymbale et fifre ! Nous sommes pris ! L'escogriffe s'est tellement à nous incorporé que nous ne le distinguons plus de nous-mêmes, et c'est sur son propre crâne que nous voyons vaciller la plume de notre chapeau ! Seul l'aveugle sur le point de mettre le pied dans la tombe ouverte à ses pieds (ainsi la baigneuse qui, du bout de l'orteil, tâte l'eau et la trouve trop froide) il hésite et ne s'aperçoit pas de la main qui, coupant adroitement la laisse, a remplacé ce chien qui le conduisait.

Les uns tirés, les autres poussés, réduits, conduits, séduits, nous allons vers notre destin.

Il ne serait pas difficile de donner à la Danse Macabre une forme moderne et je crois, au reste, que plusieurs artistes l'ont essayé. Le funèbre ménétrier n'est pas embarrassé pour joindre d'autres cordes à son violon. C'est lui, par exemple, il a mis une casquette, qui contrôle notre ticket de chemin de fer, qui inscrit notre nom sur le registre de l'hôtel et nous débarrasse de notre bagage, qui prend nos mesures chez le tailleur, qui tape sous notre dictée à la machine à écrire, qui conduit le car à touristes, qui nous accueille chez le docteur, qui nous écoute au téléphone : c'est lui le *page* dans le hall somnolent d'un grand hôtel américain qui nous appelle à grands cris ! Mais non, ce n'est plus comme au Moyen Age, les rôles sont intervertis ! Nous avons dépouillé ce roide et pesant attirail de charges, de vêtements et de devoirs, l'homme ganté d'un veston, la femme d'un pagne étroit; le squelette avertisseur n'est plus hors de nous, le rayon Rœntgen le révèle en nous-mêmes, tout prêt à jaillir de cette brume à quoi le dard occulte a réduit notre chair. Et pour nous souvenir que tout est poussière, nous n'avons qu'à considérer le tourbillon d'atomes humains qui remplit les artères d'une grande cité. L'auto à toute vitesse nous emporte au milieu d'un paysage en mouvement, ou, si nous restons immobiles, c'est le cinéma qui fond sur nous et nous engouffre dans son torrent de bruits et d'images. Alors la destinée pour nous faire signe a besoin d'un autre genre d'appariteur. C'est le pincement par exemple d'un mal chronique, c'est le souvenir d'une lettre affreuse que nous venons de recevoir, c'est cette ligne de chiffres successifs sur le *ticket* qui consomme notre ruine, c'est le visage à jamais disparu ! Et c'est, au milieu d'une conversation frivole, l'arrêt tout à coup en nous de quelque chose, un appel impérieux à notre vigilance profonde.

Comment l'appeler ? Conscience, remords, désir, passion, mécontentement, appesantissement, suscitation en nous par le fait même de notre mouvement d'une *position* immobile (comme on dit une position à la Bourse), comment, oui, comment l'appeler, cette apparition solennelle ?

18 mai 1938.

cause. Cette cause, ce n'était pas la phraséologie socialiste qui fût capable de la lui révéler, ni ces idoles que l'esprit creux des pédants a enfantées à la non-existence; il n'était pas fait pour avoir comme compagnons d'armes à sa droite et à sa gauche les tristes hères dont sa verve au cours de sa carrière polémique nous a tracé les silhouettes impayables. Il était père et il était Français. C'est la maladie d'un de ses enfants qui lui fit lever la tête et apercevoir le clocher de Chartres, planté en plein soleil comme un drapeau qu'il n'avait plus à chercher davantage. Nous le voyons qui se jette à la nage à travers l'océan de blés de la Beauce vers cette rive sacrée. Il l'atteint. Le porche de l'Espérance l'accueille, et sur la dernière marche l'épée que les Anges montrèrent à sainte Jeanne dans la chapelle de Fierbois l'arme chevalier.

Péguy fut le soldat paysan. Sur sa bannière, aujourd'hui transformée en une plaque de marbre au-dessus de l'officine où il tint marché d'idées, on aurait pu lire notre vieille devise, qui n'est pas seulement *Jésus ! Marie !* qui est *Vive labeur !* et qui est aussi *Gaaigner.*

Gaaigner ! Il ne s'agit pas d'argent, mais de gagner des cœurs, gagner loyalement par l'intelligence et par l'étude ces droits à qui la naissance ne confère qu'un titre vide, acquérir, conquérir, posséder jusque dans ses racines ce pays dont la forme ne se comprend que par rapport à un centre (Et est-ce sa faute s'il ne put s'empêcher de s'apercevoir que ce centre se confond avec celui qu'indique Chartres de sa flèche verticale, au-dessus de cette Marie profonde sous le labourage qu'on appelle « la Vierge de dessous terre » ? (*Il a mis son étendard au milieu de toi*, dit le psaume.)

Cet étendard, Charles Péguy l'a saisi d'une main ferme, et le voici qui le rapporte aujourd'hui au milieu de nous tout humide de son sang. Cet élève de l'École laïque à qui vous faites aujourd'hui accueil, vous, la garnison de cette citadelle de l'enseignement.

Cette image d'une bannière, elle serait un peu emphatique pour tout autre que Péguy, mais lui l'a baignée de son sang ! Je la maintiens donc et je reviens à celle que j'ai indiquée tout à l'heure, celle de l'épée. Dans un article récent du *Figaro*, M. André Billy faisait remarquer que les écrivains catholiques du siècle dernier se sont fait remarquer par de tout autres qualités que la charité. Et en effet, les noms de Joseph de Maistre, de Veuillot, de Barbey d'Aurevilly, de Léon Bloy, nous viennent aussitôt à l'esprit. On pourrait y ajouter celui de Pascal : et pourquoi pas ceux de bien des Pères de l'Église dont les discussions avec les hérétiques ne sont pas toujours des modèles d'aménité et de courtoisie ? Mais l'Église catholique avec les vérités dont elle a la garde, elle est depuis deux siècles dans la position d'une ville assiégée, et ce n'est pas avec une queue de mouton que l'on peut la défendre. « Quand je vois le sang d'un Français, disait Jeanne d'Arc, mes cheveux se dressent sur ma tête. » Mais il y a aussi une manière morale, une manière spirituelle, de perdre son sang, et devant le spectacle désolant de tant de cadavres, de tant de demi-cadavres, de tant de malades et d'estropiés autour de nous, je n'ai qu'une chose à dire, c'est qu'il y a des responsabilités, et que contre des responsables je trouve l'indignation de Péguy rafraîchissante. L'épée, cette épée de Fierbois, il me semble que je la vois briller encore à son poing et devant tant de coups assénés d'une main qui est non seulement une main de soldat, mais une main d'ouvrier, je ne puis m'empêcher de trouver qu'il peut arriver à une arme d'être le plus bienfaisant des outils.

La grande vertu de Charles Péguy, c'est le courage au service de la foi, le courage dans l'affirmation.

Paris, mars 1939.

imprimé sur notre argile, et que l'usure chez la plupart d'entre nous a oblitérée. Et puisque je suis en train de parler des Livres Saints, je me rappelle une autre expression du Lévitique qui nous dit que « toute graisse appartient de droit au Seigneur (1). » La graisse, la moelle, aussi bien dans le monde animal que dans le monde végétal, c'est la réserve toute prête, le résultat et le résumé de toute notre élaboration intime, et c'est ainsi que, pour parler de l'Eucharistie, la liturgie emploie cette expression : « La graisse ou la moelle du froment (2). » La graisse, c'est en nous ce qui est ami du feu, et c'est aussi ce qui des entrailles de l'humanité, va à la rencontre de Dieu, c'est cette huile qui brûle dans la lampe des Vierges Sages.

Ces lampes, grâce à la piété française, elles n'avaient jamais cessé de briller en ces lieux qui ont vu l'origine de notre Foi et qui en marquent aujourd'hui la frontière. On vient aujourd'hui implorer votre charité pour les sept Carmels en qui, sur les bords d'un abîme d'ignorance et de douleur, persiste l'agenouillement de sainte Thérèse et de saint Jean de la Croix : Bethléem, Nazareth, Jérusalem (quels noms !), Constantinople, le Caire, Athènes, Sofia ! Tout cela, l'un après l'autre, sans votre aide, sans votre volonté, cela va périr et il ne restera plus pour implorer la clémence de l'Éternel que des cadavres et des murs effondrés, ce qui reste aujourd'hui de Nicée, la glorieuse métropole où fut promulguée la première formule de notre Foi : une colonne tronquée auprès d'une mare stagnante. Espérons que dans cet Orient qui a vu les Croisades, le nom de la France restera inscrit sur autre chose que sur des ruines et sur des sépulcres. Vont-elles répéter, toutes ces orantes qui

(1) Lévit., III, 17.
(2) Ps. LXXX, 17.

supplient à notre place, la parole poignante des compagnons de Judas Macchabée : *Mourons dans notre simplicité* (1) *!*

C'est pourquoi nous venons aujourd'hui vous tendre la main, pour que l'aire de la chrétienté ne soit pas rétrécie et pour que soient maintenues les sentinelles qui montent la garde sur ses remparts menacés. Tout à l'heure, en vous rappelant les noms de nos Carmels, auxquels j'aurais pu ajouter ceux des Bénédictines de Jérusalem et des Clarisses de Nazareth, une autre énumération me venait à l'esprit, c'est celle que l'Apôtre Jean, au début de l'Apocalypse, fait des sept Églises d'Asie auxquelles il adresse son livre : Éphèse, Smyrne, Pergame, Thyatire, Sarde, Philadelphie, Laodicée (2). Le prophète, en s'adressant à elles, emploie la comparaison même dont je me suis servi : celle du candélabre. En ces premiers temps du christianisme, il s'adresse à elles, si je peux dire, comme à des centres nerveux, comme à des permanences lumineuses, en qui le désir est la condition de la flamme, et l'attention, la condition de l'éclat. Et, comme récompense, il leur propose ces dons symboliques dont il ne tient qu'à nous d'être aujourd'hui même bénéficiaires : une colonne, une barre de fer, une poignée de manne, un caillou blanc sur lequel un nom nouveau est inscrit, l'étoile du matin ! — La colonne, c'est la solidité d'une foi inébranlable, entre la base sur laquelle elle s'appuie et le chapiteau qu'elle soutient. — La barre de fer, c'est cette même droiture, cette même solidité appliquée cette fois à un usage actif, barre de mine ou manche du gouvernail. — La poignée de manne, c'est cette nourriture invisible, cette infusion de courage et de force, qui triomphe de

(1) Mac., II, 37.
(2) Apocalypse, I et II.

15

la fatigue, de l'opposition et de l'ennui. — Le caillou blanc sur lequel un nom nouveau est inscrit, un nom nouveau, mais qui cependant n'a jamais cessé d'être le nôtre, c'est notre vocation personnelle. — Et enfin l'étoile du matin, qui est aussi l'étoile du soir, et qui, dans son mouvement de va-et-vient, ne cesse de coudre la journée qui finit à celle qui commence, cette étoile sans cesse renaissante, c'est l'espérance dont nous ne jouirons que si nous avons l'idée de regarder en haut, au-dessus de l'atmosphère empoisonnée des grandes villes.

Voilà les biens inestimables qui, pour le prix de leur fidélité, sont promis aux sept Églises d'Asie. Et, depuis que ces sept Églises ne sont plus que des noms, qui sait si nos sept carmels, si ces humbles sœurs là-bas de notre Thérèse française, ne s'en trouvent pas héritiers, pour en mériter, pour en distribuer autour d'eux le bénéfice ? Qui sait s'ils ne sont pas là pour nous obtenir ce diamant qui est capable de briller à la fois dans le ciel et au fond de notre cœur et qui fait, de ce soir et de ce matin qu'il réunit, un jour unique ? Et, avec ce diamant, autour de lui, autour de cette pièce unique, cette monnaie profuse de feux et de grâces de toute espèce, dont le ciel, qui est la forme visible du Royaume de Dieu, pour notre convoitise fait ruisseler le trésor au-dessus de nos têtes ! Car, si un verre d'eau donné en son nom est récompensé au centuple, si le plus humble don consenti à ceux-là qui, parmi notre encombrante humanité, ont choisi d'être les plus petits, amorce un retour et une générosité qui n'a pour limite que l'infini, que ne pouvons-nous attendre de Celui dont l'Orient, à ce que disent les prophètes, est le nom propre, c'est-à-dire à la fois la marque et la spécialité ?

Jésus-Christ aimait son pays : il a dit à plusieurs reprises qu'il n'était venu que pour sauver les brebis d'Israël; l'Évangile nous le dépeint pleurant amèrement sur cette Jérusalem qui va à sa destruction, et nous qui sommes ses fils, nous sommes devenus par là même ses concitoyens, l'Orient est devenu notre patrie. Et c'est pourquoi, chaque année, des pèlerinages de plus en plus nombreux se dirigent vers ces lieux qui portent la trace de Ses pas, qui ont été le théâtre de notre Rédemption, et le premier champ ouvert à la prédication apostolique. Eh bien ! l'établissement de nos Carmélites en Orient, c'est une espèce de pèlerinage permanent au mérite duquel nous participons; elles sont là à notre place, leur présence est la nôtre, c'est en passant par leur cœur et par leurs lèvres que cette huile en nous stagnante devient une flamme ! La laisserons-nous éteindre ? Faut-il croire que la France abandonnera sur le Carmel, cette faction jadis inaugurée par le prophète Élie, et qu'elle cessera d'être là pour y recevoir les prémices du Soleil Levant ?

Toute l'Église Catholique est fondée sur le dogme de la Communion des Saints que l'on peut comparer à ces échanges harmonieux qui se font dans le corps humain entre les différents organes. L'un donne et l'autre reçoit. Nous allons donner un peu de pain aux Carmélites. Et nous, que nous donneront-elles ? Qu'est-ce qu'elles ont à nous donner, que leur demanderons-nous ? Quelle est leur spécialité ? Je n'hésite pas à répondre : le don de la prière. La prière est un besoin de l'homme aussi profond, aussi vital, aussi essentiel que le sommeil : c'est elle seule qui nous donne rafraîchissement et réfection, et si vous me demandez ce que c'est que la prière, je répondrai : elle comporte un élément de silence et un élément de désir. Le silence, nous ne l'obtiendrons que si nous réussissons à balayer de nos cœurs et de nos esprits cette cohue et ce tumulte de pensées vaines qui es obsèdent, ainsi que ce vacarme de foire qui jadis remplissait les parvis du temple. Et, quant au désir, pour en trouver la formule, nous n'avons qu'à nous rappeler ces paroles que j'ai vues jadis écrites dans toutes les langues du monde, sur les murs du Carmel de Jérusalem : *Notre père, qui êtes aux cieux, que Votre nom soit sanctifié, que Votre règne arrive, que Votre volonté soit faite sur la terre comme au ciel !*

9 novembre 1938.

LA PROPHÉTIE DES OISEAUX

LE POÈTE ET SA FILLE

F. — Monsieur le prophète, voici un client qui vient vous acheter pour deux sous d'avenir.

P. — D'abord je ne suis pas un prophète, je veux dire que je ne produis pas de prophéties, pas plus qu'un épicier ne produit de mélasse ou de pruneaux. Il tient seulement l'article.

F. — Eh bien, je suis amateur.

P. — Et dire qu'il s'agit d'avenir, ce n'est pas vrai. Je ne tiens que de l'actuel. Les Livres Saints, et spécialement l'Apocalypse, ont établi un certain nombre de grandes formes où les événements humains viennent l'un après l'autre s'inscrire. Ainsi Babylone et Jérusalem, la Cité Sainte et la Cité Maudite. Ainsi la Femme écarlate. Ainsi les Antéchrists dont depuis Néron jusqu'à Hitler et Staline nous possédons un assortiment assez représentatif.

F. — Tout de même, je suis sûre que les prophètes n'ont jamais pu prédire une drôle de guerre comme celle-ci.

P. — C'est ce qui te trompe. L'idée de la ville assiégée, l'idée du mur qui l'étreint et de celui qui la défend, on la retrouve à toutes les pages de la Bible, et, après, c'est l'Histoire tout court qui prend la succession de l'Histoire Sainte. La guerre de Troie continue d'avoir lieu.

F. — C'est ainsi que la ligne Maginot vient s'agrafer tout naturellement à la muraille de Chine.

P. — Celle que je regardais jadis avec admiration sur l'abat-jour de ta grand'mère ! Précisément. Toutes les deux répondent à la même nécessité. Il y a dans tout le haut de l'Ancien Continent ce que l'Écriture appelle « les bordures de l'Aquilon, *latera Aquilonis* »; une vaste plaine où stagne l'élément humain à l'état, si je peux dire, vague, liquide, à quoi seul une dure crampe, comme celle du gel, impose une espèce de solidification précaire. C'est la région de Gog et Magog, — ces personnages dont tu demanderas sans doute que je te parle tout à l'heure, — qui se prolonge jusqu'aux rives de la Baltique. C'est la matière humaine à l'état disponible. Gare quand elle fond ou que le vent lui imprime une espèce de poussée ! Alors ce sont les irruptions des Hounghouzes, des Huns, des Mongols, des Barbares, des Turcs, etc. Ce sont toutes ces invasions dont notre pays a eu à souffrir quand il a eu l'imprudence de démolir les barricades du Saint-Empire, — mal remplacées par ces ballots d'arrangements diplomatiques. A l'une des extrémités de la Cuvette, les Chinois ont bâti leur muraille, comme une espèce de piège à sauterelles, et à l'autre extrémité nous-mêmes nous avons construit notre ligne Maginot, qui succède au *limes* romain. Nul doute que les Barbares ne se plaignissent déjà à ce moment qu'on leur resserrât leur espace vital.

F. — Les Allemands autrefois ont assiégé Paris, et c'est nous maintenant, pour la seconde fois, qui faisons le blocus de l'Allemagne.

P. — Et sais-tu, quand j'ai quitté Hambourg en 1914,

c'était un dimanche, l'évangile qui figurait au missel ? C'est celui où Notre-Seigneur, reprenant les malédictions de Moïse, prédit à Jérusalem : « Il viendra sur toi des jours où tes ennemis t'environneront de tranchées, ils t'enfermeront et te resserreront de toutes parts. » Aujourd'hui, ce n'est pas nous seulement qui assumons à l'égard de l'Allemagne ce rôle d'enserrer et de resserrer, ce sont nos ennemis eux-mêmes qui s'en chargent avec leurs camps de concentration, chaque foyer est une prison, et chaque individu même est mis à la gêne. C'est ce qu'un autre évangile appelle la compression des gens, *pressura gentium.*

F. — Le blocus !

P. — Blocus au dehors et constriction au dedans. La première chose qu'on fait à une ville assiégée est de lui couper l'eau, comme fit Holopherne à Béthulie. J'entends l'eau des sources et j'entends la mer, qui est la liberté. C'est ce que Hitler s'est chargé de faire lui-même pour son propre peuple. « Je mettrai sa mer à sec », dit Jérémie, « je tarirai sa veine ». Les sources, ce sont celles de la vie spirituelle, et quant à la liberté, pour ne parler que de la plus simple, tu sais que même avant la guerre, aucun Allemand ne pouvait sortir de son bagne que sous caution, et avec dix marks seulement dans sa poche.

F. — C'est la liberté aujourd'hui qui prend sa revanche, c'est la mer qui fonctionne comme un obturateur.

P. — « La mer a monté contre Babylone », dit Jérémie dans un verset qui doit faire plaisir à nos amis Anglais. Et si j'avais le temps, je t'emmènerais promener avec moi au travers de ces terribles chapitres.

F. — Emmenez-moi, je vous en prie !

P. (lisant). — « Il a été cassé, le marteau de toute la

terre ! » Qu'en dis-tu ? Je me souviens que la première fois que Hitler présida à la pose d'une pierre de fondation, le marteau se cassa dans sa main. Ainsi quelques jours avant la Grande Guerre, j'en suis témoin, cette statue de Bismarck dont le bras droit qui tenait une épée se détacha et tomba en morceaux. Ce sont ces faits dont les anciens historiens, tels Tite-Live, prenaient note révérencieusement.

F. — « Le marteau ! » Mais il y a là quelque chose aussi qui concerne les nouveaux amis de l'Allemagne !

P. — Nous y reviendrons tout à l'heure. Le marteau, c'est ce qui démolit, et c'est aussi ce qui forge, dans le sens d'industrie, — et tu sais que l'Allemagne a été l'atelier de fabrication du monde entier, — mais dans le sens aussi du mot anglais « forgery », de mise en circulation de fausse monnaie, de fausses valeurs. Le diable sait si l'Allemagne s'est distinguée en ce genre !

F. — Lisez encore ! qu'est-ce qu'il dit encore, le prophète, de ce peuple « qui empêche Dieu de dormir » ? C'est vous-même l'autre jour qui me citiez ce passage.

P. — « Une année et une autre année encore ! rumeur après rumeur. Il y aura des bruits de toutes sortes, — ne vous laissez pas intimider, ô mon peuple ! — acte de force après acte de force ! » Mais à la fin « voici que je viens vers toi, montagne maudite, qui corromps toute la terre. Je t'ai tendu un piège ! Tu as été prise, Babylone, et tu ne t'en doutais pas » ! « Tes œuvres » — il s'agit de tous ces plans, de toutes ces théories et réalisations autarciques, de tous ces efforts à contre bon sens — « sont vaines et ne méritent que le rire. » Et ici, je me souviens de ce psaume qui déclare que tout cela « est fait pour périr avec bruit ».

F. — Le bruit d'un mur qui s'écroule !

P. — Précisément. Écoute le prophète : « Ton mur démesuré, *latissimus* », — et pourquoi ne s'agirait-il pas de la ligne Siegfried ? (tu sais que les prophètes sont doués d'une espèce de presbytie qui leur permet de voir l'éloigné à travers le plus prochain) — « il sera renversé. Tes hautes portes », et il s'agit de tout ce qui donne entrée dans le pays, « elles seront brûlées par le feu, tes travaux seront réduits à rien, ce sera comme de la paille au feu », et ils s'en iront en fumée, — la fumée des usines ! Et maintenant, écoute bien ce que je vais te lire : « Si Babylone s'élève dans le ciel, si elle établit sa force dans la hauteur »...

F. — C'est tout à fait ce que Gœring avait promis à Hitler ! ce développement forcené de l'aviation !

P. — ... « tes dévastateurs viendront », et l'on peut supposer que ce sera par la même voie : de là cette image si frappante de la « colombe porte-glaive » que l'on trouve un peu plus haut.

F. — Elle n'apporte pas le glaive seulement !

P. — Ou ne serait-ce qu'un couteau de cuisine ! c'est un fort bon outil. Je pense à cette gravure de Breughel appelée le « Gros Poisson », où l'on voit un maître queux qui fend du haut en bas un énorme brochet, et toute sorte de fretin lui saute hors de la panse. Et ici de Jérémie nous passons à un autre amplificateur de la foudre qui s'appelle Ezéchiel. Écoute : « Je monterai vers la terre qui n'a pas de mur » (c'est Babylone qui parle), « j'irai vers ces gens paisibles en pleine sécurité et qui n'ont murs ni portes, ni verrous à leur propriété ».

F. — Mais c'est de la Pologne qu'il s'agit !

P. — De la Pologne et d'autres peuples, par exemple des Juifs eux-mêmes, oui, une fois encore ! « Tu t'adjugeras les dépouilles, tu confisqueras les biens, tu mettras les mains sur ceux qui d'abord avaient été abandonnés et qui ensuite ont été rétablis » (est-ce assez saisissant !) « sur un peuple qui a été rassemblé d'entre les nations, qui avait repris l'habitude de posséder et qui habite le milieu de la terre » (comme qui dirait l'Europe Centrale).

F. — Et alors ?

P. — Je repasse la parole à Jérémie : « Mangée, dévorée, m'a Nabuchodonosor, m'a le Roi de Babylone, il m'a vidée, il m'a absorbée comme un dragon, il s'est rempli le ventre de ma chair et il m'a évacuée. » C'est le verset 34, mais voici le verset 44 : « A mon tour je rendrai visite à Bel, et je lui ferai sortir de la bouche ce qu'il avait absorbé, et les nations cesseront d'avoir pente vers son gosier, car le mur de Babylone s'effondrera. Sortez de lui, mon peuple ! »

F. — Est-ce tout ?

P. — Il y a encore toute une série de versets qui semblent indiquer un branle-bas social énorme, tous les éléments de la nation violemment secoués et concassés : « l'homme et la femme, le cheval et le cavalier, la voiture et le conducteur, le vieillard et l'enfant, le jeune homme et la jeune fille, le pasteur et son troupeau, le laboureur et ses bœufs, les chefs et les magistrats. Je te rendrai le mal que tu as fait, dit Dieu. » Et remarque ce qui suit : « Et l'on ne retirera de toi aucune pierre qui soit capable de servir d'angle à quoi que ce soit. »

F. — Cette menace pourrait s'appliquer aussi bien aux alliés et compères des Allemands, les bolcheviks.

P. — C'est à eux que nous arrivons maintenant, à ces figures monstrueuses de Gog et Magog qu'on promenait au Moyen Age dans les processions pour faire peur aux petits enfants.

F. — Aujourd'hui, c'est à d'autres que les petits enfants.

P. — Il n'y a aucun doute, la patrie de ces peuples affreux, c'est cette région du Nord que je te décrivais tout à l'heure, *latera aquilonis*. Tous les commentateurs sont d'accord là-dessus, ceux de la Genèse, où le nom de Gog apparaît pour la première fois, ceux d'Ezéchiel, qui lui consacre deux chapitres, et ceux de l'Apocalypse, où on le voit reparaître « à la fin des temps » pour l'épreuve de la chrétienté. Les Septante l'appellent « Prince de Resch » ou Ross, suivant les historiens byzantins et arabes, qui est le radical de Russie. Notre texte ajoute : « Prince de Mosoch et de Thubal. » « Thubal » c'est ce que tu voudras, mais « Mosoch », le commentaire de Menochius, un jésuite du XVIe siècle qui a fait longtemps autorité, traduit carrément : « *Moscovitæ*, les Moscovites ». Plus loin, parmi les peuples qu'entraîne avec elle l'avalanche, mention est faite de « Thogorma » et Menochius traduit : « *Germani* », les Allemands, les Boches !

F. — C'est trop beau !

P. — Pourquoi l'Esprit-Saint donne-t-il tant d'importance à cette peuplade scythique dont l'incursion sur les bords de la Méditerranée paraît n'avoir eu qu'un caractère si passager que les Livres proprement historiques ne la mentionnent pas ? et pourquoi saint Jean va-t-il réveiller « à la fin des temps » le monstre mal endormi ? C'est que Gog, aux yeux de la Bible, est la figure d'un soulèvement collectif, d'une révolte générale de l'Humanité contre Dieu. « Les Rois de la terre », dit le psaume 2, « se sont levés et les princes se sont réunis contre le Seigneur et contre son Christ ». La haine de Dieu, la haine du Christ, et j'ajouterai la haine de l'homme, en tant qu'il a dignité et indépendance et qu'il porte ainsi sur le visage un reflet de la divinité, la révolte bestiale contre tout principe de morale et de spiritualité, c'est ce qui fait le caractère commun du bolchevisme et du national-socialisme, son succédané. En dépit des différences de surface, les principes étant les mêmes, une communion a fini par se produire.

F. — Ce qu'Ezéchiel a dit de Gog, comme Jérémie tout à l'heure de Babylone, il faut donc, nous avons le droit, de l'entendre de l'Allemagne ?

P. — De l'Allemagne et de l'U. R. S. S. à la fois (et sais-tu que je retrouve dans Jérémie le nom même de cette coalition : *Congregatio magnarum gentium de terrâ Aquilonis*, l'Union des grandes nations du Nord). Et ce qu'il y a de curieux, c'est que d'autre part Jérémie annonce à Babylone que sa perte viendra du Nord. Ce n'est pas contradictoire. C'est ainsi que les rois de Juda pour se venger d'Israël appellent les Assyriens qui devaient être la perte de leur pays. C'est ce que ne manque pas sans doute de faire remarquer Bossuet dans sa « Politique de l'Écriture Sainte ».

F. — Vous êtes bien instructif. Mais ce que je voulais vous demander, c'est simplement s'il est vrai que l'Apocalypse parle de l'invention des aéroplanes.

P. — Pourquoi pas ? Il y a bien un personnage de Dostoïewski qui prétend que l'Étoile Absinthe, qui tombe sur la terre pour l'empoisonner, cela signifie le réseau des chemins de fer !

F. — Pourquoi pas notre Pernod national tout simplement ? Mais je pensais aux sauterelles ! Il y a une certaine éruption de sauterelles dans l'Apocalypse dont j'aimerais que vous me parliez.

P. — Il est certain qu'il y a quelque chose d'explosif dans l'animal dont tu me parles, ses ailes planantes, sa ressemblance avec un cheval, qui justifierait dans la nature, aussi bien que dans le livre de saint Jean, une intention prophétique. Nos ateliers ressemblent assez bien au « puits fumant » du chapitre IX. Ces cuirasses « de fer, de feu et de soufre », ces couronnes d'or sur leurs têtes, qui sent le moulin des hélices en mouvement, ces faces d'hommes, qui sont celles de leurs pilotes, ce bruit des ailes comme celui d'une multitude de chevaux au galop (le *horse power !* il y en a parfois plus d'un millier que nous enfermons dans un seul de nos moteurs étoiles). Tout cela est assez « piquant » à identifier. « Piquant » est le mot juste, car Ezéchiel, à qui je reviens, parle d'un certain « cheval pointu » qui sera la ruine de Babylone.

F. — Alors, c'est vrai, les sauterelles, ce seraient les aéroplanes ?

P. — Oui et non, et plutôt non que oui, la prophétie a un sens plus spirituel, et à mon avis, les sauterelles « qui ont des cheveux de femme, des faces d'homme » (les humanités) « et qui ne s'attaquent à rien de vert » sans parler des « queues de scorpions », et n'oublions pas qu'Apollon lui-même est donné comme leur patron, ce serait plutôt la race exécrable des hommes de lettres. Mais les analogies qui t'ont frappée demeurent tout de même. Écoute un peu ! J'ai pas mal divagué, mais j'arrive tout de même à mes fins, comme un avion, par le chemin de la spirale.

F. — Je vous écoute.

P. — Je t'ai parlé tout à l'heure de ce mur qui défend la ville assiégée. Il est impossible de passer à travers. Alors qu'est-ce qui nous reste à faire ?

F. — C'est de passer par-dessus.

P. — Précisément. Le prophète (c'est Ezéchiel qui vaticine contre Gog et c'est Jérémie en armes contre Babylone et par-dessus eux saint Jean) nous parlait tout à l'heure du blocus, maintenant c'est les oiseaux qu'il appelle des quatre coins du ciel. Venez, venez, oiseaux !

F. (frappant dans ses mains). — Venez, venez, oiseaux !

P. — « Toi donc, fils de l'homme, écoute ce que dit le Seigneur Dieu. Dis à tout ce qui vole et à tous les oiseaux : Rassemblez-vous ! Hâtez-vous ! Accourez de toutes parts vers la victime que je vous immole, une victime énorme sur les montagnes d'Israël, afin que vous mangiez sa chair et que vous buviez son sang ! »

F. — C'est du ciel que vient la vengeance et c'est le ciel qui invite les nations à une espèce de communion.

P. — La victoire est ainsi remportée dans une espèce d'élément international. Et sur la terre, quel butin de toute espèce ! Le prophète nous fait la description de tout ce matériel, de toute cette mécanique répandue sur le champ de bataille ! Il y en aura pour sept ans, dit-il, à faire la récolte. Ce sera comme une mine à exploiter.

F. — Et comment se termine la vision ?

P. — Par une autre vision que tous les voyageurs de l'air connaissent bien. Quand les nuages là-bas s'accumulent au bruit de la foudre qui s'éloigne. « Je vis, je vis », dit le prophète...

F. — Qu'est-ce qu'il a vu ?

P. — « JE VIS UN GRAND TRÔNE BLANC. »

22 novembre 1939.

FIN

TABLE DES MATIÈRES

FIN
DE LA TABLE DES MATIÈRES

Imprimé en France.

ACHEVÉ D'IMPRIMER SUR LES PRESSES
DE L'IMPRIMERIE ARRAULT ET Cie, A
TOURS, LE DIX MAI MIL NEUF CENT
QUARANTE.

8674.